La mariée
était trop belle

Du même auteur :

Jour sombre à Valloire, 2014

Jamais je n'aurais dû vous aimer, 2017

Jour sombre à Valloire : Le sang des Cimes, 2019

Contacts :

https://www.facebook.com/maximejouas85/

https://www.instagram.com/maximejouas/

romans.mjouas@gmail.com

Maxime JOUAS

La mariée
était trop belle

—

roman

Avertissement

Ceci est une œuvre de fiction. Les personnages et les situations décrits dans ce roman sont purement imaginaires.

Création graphique : © James Bihouise et Xavier Schneider (stylpix.com)

A Arthur, parti dans les étoiles bien trop tôt.

www.unrevepourarthur.fr

Chapitre 1

15 août, tôt dans la matinée.

Le sol se déroba tout à coup sous ses pieds. Elle sentit son corps lui échapper. Tout autour d'elle prit une autre dimension. Le bleu rosé du ciel laissa place à un blanc grisâtre sur lequel son front vint frapper. Pendant quelques secondes, elle eut l'impression de perdre connaissance. Aucun de ses membres ne répondait. Aucun son ne sortit de sa bouche. Elle se laissa aller, ne pouvant lutter contre l'attraction terrestre.

Puis, le mouvement s'arrêta. Plus rien ne bougeait. La randonneuse resta figée quelques instants. Intérieurement, elle testait la réaction de ses membres. Tous répondirent. Elle posa les mains sur le sol gelé et, avec beaucoup de précautions, se releva. Ses lunettes de soleil, son bâton de marche, sa casquette, tout était stationné plusieurs mètres plus hauts, là où le reste de la troupe se trouvait encore quelques secondes auparavant.

D'un coup, ses trois camarades de randonnée arrivèrent à sa hauteur en prenant bien soin de ne pas se retrouver par terre.

— Ça va, rien de cassé ? demanda Patrick.

Du groupe de quatre, Patrick était le plus âgé, il connaissait les lieux comme sa poche. Pour aller au Grand Galibier, il avait pris tout le matériel nécessaire : cordes, piolet, crampons. Un peu trop au goût des autres. Ce n'est pas comme s'ils faisaient l'ascension du Mont-Blanc non plus. Patrick n'en avait cure. La montagne était sauvage, rien ni personne ne pouvait l'apprivoiser. Monter au Grand Galibier n'était pas tellement compliqué, mais la marche était longue et fastidieuse pour des corps non entraînés. Ici ou là, la roche était friable et, en ce début d'été, la neige était encore visible par endroits. Plus ils avançaient, plus elle se faisait présente. Après les quelques blocs faisant de la résistance à l'ombre des cailloux, elle s'étalait maintenant en névés, de larges couches glacées qu'il fallait traverser pour rejoindre le chemin indiqué par les cairns ou les points de couleur sur certaines pierres.

Il était encore très tôt en ce début de 15 août, mais voir le lever du soleil sur le massif des Écrins, au sud et peut-être apercevoir le Mont-Blanc, au nord, n'avait pas de prix et justifiait amplement de se lever à quatre heures du matin pour être au sommet vers neuf heures.

Il restait encore quelques heures de marche aux grimpeurs, même si la distance entre le lieu de la chute et celui de leur destination ne semblait que de quelques centaines de mètres. Patrick tendit la main à Claudine.

— Ça va ! répondit-elle. Tout va bien ! Je ne sais pas, j'ai dû glisser.

— Certainement, s'exclama Patrick. C'est pour ça qu'il faut bien regarder où on met les pieds. La moindre seconde d'inattention et l'on peut se retrouver les fesses par terre. On fera des glissades au retour si tu veux. J'ai pris des sacs poubelles qui serviront de luges.

Claudine lui adressa un sourire en guise de remerciement et se remit sur pied. Domi et Dodo, ses deux autres amies, étaient redescendues à sa hauteur en faisant bien attention à ne pas connaître le même sort qu'elle. Pour les trois randonneuses, entre la cinquantaine et la soixantaine, cette ascension était une première. Depuis des années, elles souhaitaient monter au sommet du Galibier, mais leurs différentes tentatives avaient tourné au fiasco le plus total. La dernière fois, elles étaient parvenues au col de la Ponsonnière, mais le temps s'était couvert, le vent s'était levé et, emmitouflées dans leurs ponchos, elles avaient dû rebrousser chemin après avoir avalé un petit goûter bien mérité vers les six heures du matin, à l'abri des ruines.

Après une ou deux minutes de repos et quelques gorgées de boissons énergétiques, le groupe de randonneurs reprit son ascension. La pente finale tirait sur les jambes et brûla le reste de forces des trois dames. Plus que quelques mètres pour enfin profiter de la récompense attendue depuis tant d'années. Juste avant la dernière montée, Patrick se posta devant le trio et fit barrage de son corps pour compenser le manque de roche entre deux parois. La vue à pic faisait froid dans le dos. Tour à tour, Domi, Claudine et Dodo passèrent sans s'arrêter. Pour atteindre le sommet du Grand Galibier, le petit groupe, hormis Patrick, termina presque à quatre pattes, afin de ne pas dégringoler. Les trois amies étaient courageuses, mais pas plus téméraires qu'il ne le fallait. Enfin, les corps se redressèrent. Le souffle court, les trois femmes tournèrent sur elles-mêmes et un sourire émana de chacune d'elles. Le ciel était bleu, sans aucun nuage à l'horizon pour boucher la vue. Patrick leur laissa quelques minutes de repos puis il commença la présentation des environs. À perte de vue, les sommets enneigés se dressaient pour offrir un magnifique panorama. Au sud-ouest se trouvaient la barre des Écrins et le massif de la Meije ; au nord-ouest, la vue sur le Goléon, les Grandes Rousses et les Aiguilles d'Arves était majestueuse. À cet instant, les trois pics, que ces dames connaissent bien, leur parurent tout petits. Patrick expliqua qu'au nord-est, ils pouvaient repérer les Mottets, leur point de départ. Avec de bons yeux ou des jumelles, elles pouvaient même apercevoir la voiture de leur guide qui les attendait gentiment quelque 11 000 mètres plus bas. Un peu plus loin se présentait le Thabor, bien connu des habitués de Valmeinier. Enfin vint l'apothéose. À l'horizon se dressait un pic bien plus haut que les autres. Rien aux alentours ne surpassait sa grandeur. Sur le coup, il n'impressionna pas les trois amies. Puis, Patrick pointa leur regard vers cette montagne et leur indiqua qu'en face d'elles se dressait le plus haut sommet d'Europe, le Mont-Blanc. Les trois randonneuses furent incrédules. Jamais elles n'auraient pensé le voir de là où elles se trouvaient. Bien que plus important que le reste, il paraissait si petit !

Après une bonne demi-heure passée à admirer le paysage et les cimes enneigées, Patrick et sa troupe reprirent leurs sacs et entamèrent la descente, presque aussi périlleuse que la montée. Les quatre comparses firent bien attention à l'endroit où ils mettaient les pieds. Aucun d'eux n'était à l'abri d'une nouvelle chute. Tout à coup, Patrick s'arrêta et fit signe à ses amies d'approcher :

— Là-haut ! dit-il en pointant du doigt.

La surprise fut totale. Surplombant le lac Termier, un troupeau de bouquetins profitait des rayons du soleil. Les uns à côté des autres, ils ne prêtaient aucunement attention aux randonneurs, vaquant tranquillement à leurs occupations. Le groupe prit quelques photos, admirant les longues et robustes cornes de ces nobles mammifères de la famille des caprins.

Ensuite, ils reprirent leur route et descendirent vers le lac Blanc. Là, Dodo s'enquit des amas de roches qu'elle avait vus tout au long de l'ascension vers le sommet.

— C'est étrange, ces tas de cailloux un peu partout, ça sert à quoi ? demanda-t-elle.

— Ce sont des cairns, des pierres empilées les unes sur les autres pour indiquer le chemin et marquer la voie à prendre. C'est très utile quand les passages ne sont pas balisés.

Domi s'approcha d'un de ces cairns, situé à plusieurs mètres du sentier.

— Et celui-là, il sert à quoi ? dit-elle.

— Ce sont certainement deux, trois randonneurs qui ont posé des cailloux et d'autres qui ont continué, mais il n'a aucun intérêt, il n'y a pas de sentier par là.

Domi écouta l'explication de Patrick et prit une pierre qui sortait du tas. En la tirant, elle sentit une légère résistance et le monticule s'affaissa.

Surprise, la randonneuse en tomba sur le derrière. En se relevant, elle s'appuya sur ce qu'il restait du cairn et son bras s'enfonça à l'intérieur. Elle se mit à hurler. Sa main venait de toucher quelque chose de différent. Elle la retira le plus rapidement possible et, à cet instant, un corps apparut.

Chapitre 2

15 août, 11 heures.

— Je peux savoir pourquoi vous m'avez fait venir ?

En plein cœur de la montagne, le capitaine Doyles ne pouvait s'empêcher de rester fidèle à sa réputation. Une fois de plus, il grognait. Un officier du peloton de gendarmerie de haute montagne de Briançon s'approcha de lui pour le saluer.

— Capitaine Doyles ? Merci d'être venu si vite.

— C'est pas comme si j'avais eu le choix non plus, maugréa-t-il. Bon sinon, reprit le gradé, je sais que je me répète, mais qu'est-ce que je fais là. C'est de votre ressort de gérer les situations en haute montagne, non ?

L'officier de Briançon ne répondit pas mais fit signe à Doyles de le suivre. Le capitaine de la gendarmerie de Saint-Jean-de-Maurienne ne broncha pas et emboîta le pas de son collègue des Hautes-Alpes. Rien ne servait de râler dans l'armée, il le savait mieux que quiconque. Depuis quelque temps, il avait été mis au placard pour une sombre histoire d'arrestation de la femme du préfet de Savoie. En prenant la direction du peloton de gendarmes qui surplombait le lac Blanc, il ne put s'empêcher de se remémorer sa petite erreur d'appréciation …

*

C'était alors que Doyles sortait de sa chère 4L pour faire un loto dans un des troquets de la ville, qu'il avait vu le conducteur d'un scooter arracher le sac d'une passante. Sans réfléchir, il ouvrit sa portière au moment même où le malfrat passait à côté de lui. La tôle de la Renault vacilla comme s'il venait de se produire un tremblement de terre, la portière fut arrachée par le scooter et le conducteur projeté sur le bas côté.

Ni une, ni deux, le capitaine sortit de son véhicule d'un bond, en jurant tout ce qui lui était permis.

— Nom de Dieu, c'est pas possible ça, une belle 4L presque toute neuve ! s'emporta-t-il sans même prêter attention à celui qui gémissait à quelques mètres de lui. Mais on ne va jamais me réparer ça ! C'est qui le sagouin qui vient de me faire ça ?

Le Normand laissa son regard glisser sur la gauche et vit un homme qui tentait de se relever, le sac bien accroché à la main. Alors qu'il se penchait pour l'aider, Doyles entendit les cris d'une passante, hurlant qu'on lui avait dérobé quelque chose :

— Mon Vuitton, il m'a volé mon Vuitton.

— Son Vuitton, c'est quoi ça un Vuitton ? se demandait Doyles en regardant la femme qui arrivait en courant et l'homme tout chancelant, qui venait de se remettre sur ses jambes.

— Mais faites quelque chose, vous ! hurla la dame d'une soixantaine d'années, bien plus roulante que marchante.

Le conducteur du scooter, encore sous le choc de sa rencontre avec la portière du bolide de Doyles, tenta de prendre la fuite, en vain. Doyles l'attrapa par le col de sa veste et le retint :

— Pas si vite mon p'tit bonhomme, j'sais pas c'que t'as bien pu lui voler, mais en tout cas, t'as défoncé ma 4 L et ça, c'est vraiment pas gentil ! Mais alors pas gentil du tout et on risque de ne pas être copains très longtemps !

— Mais lâche-moi, toi, sale con ! vociféra le voleur à travers son casque intégral tout en se débattant pour recouvrer sa liberté.

— Ah, et puis en plus, t'es pas poli ! Ça, c'est pas bien non plus !

En disant cela, Doyles tira sèchement sur le col de la veste qu'il tenait toujours fermement et projeta le pilote sur son capot. Le casque frappa le côté gauche de la 4L et enfonça la tôle par la même occasion.

— Oh la vache, il m'a défoncé mon aile maintenant ! hurla le capitaine, écrasant le cigarillo qu'il avait entre les lèvres.

Cette fois-ci, le conducteur du scooter n'eut pas le temps de se relever. Doyles lui passa les bracelets, feignant de ne pas entendre les cris de douleur du malheureux.

À cet instant, la victime du vol à l'arraché arriva à sa hauteur et attrapa le sac qui se trouvait sur le sol.

— Eh là, ma p'tite dame, un moment, lui dit Doyles, qu'est-ce que vous faites-là ?

— Je récupère mon Vuitton, répondit-elle, serrant le sac contre sa poitrine comme si elle tenait un nouveau-né dans les bras.

Voyant dans quel état s'était mise cette dame pour un vulgaire cabas alors que sa chère 4L était presque en ruine, le sang de Doyles ne fit qu'un tour.

— C'est à cause de vous, si mon auto est dans cet état alors ? lui hurla-t-il.

— Non mais je n'y suis pour rien si votre tas de boue n'a plus de portière, c'est à cause de lui, dit-elle en désignant son assaillant du doigt.

— Un tas de boue ? Ma 4L ?

La dame au chignon haut perché sur la tête ne savait pas ce qu'elle venait de déclencher avec cette expression malheureuse.

— J'vais vous en foutre, moi du tas de boue, allez hop, tout le monde au poste, glapit Doyles en attrapant la dame au sac par le bras.

— Non, mais ça ne va pas du tout, vous ! s'offusqua la sexagénaire, vous n'êtes pas bien !

— Vous n'aurez qu'à vous plaindre à la police et comme la police c'est moi, enfin la gendarmerie plutôt, vous allez tout m'expliquer dans les moindres détails et si ça ne me convient pas, vous passerez la nuit ensemble en cellule, ça vous apprendra à traiter ma voiture de tas de boue !

— Vous ne savez pas à qui vous vous adressez, mon cher, pesta la dame.

— Non et je n'ai pas envie de le savoir. Allez hop, au gnouf ! vociféra Doyles.

Le soir même, c'est le commandant Favre accompagné du préfet de Savoie en personne qui fit sortir l'épouse de ce dernier de cellule. Le lendemain matin, Doyles fut convoqué *manu militari* dans le bureau de son supérieur. Après une belle remontée de bretelles, il fut envoyé au placard pour une durée indéterminée.

*

Tout en suivant son collègue, Doyles reprit ses esprits et se concentra sur les lieux qui l'entouraient. Tout autour de lui n'étaient que roches et montagnes. Au moins, en plein été, il n'avait pas à se soucier de la neige, ce qui lui tirait une belle épine du pied. Il regarda où il posait les pieds et ne prêta pas attention au décollage de l'hélicoptère qui l'avait transporté au pied du Galibier.

— Capitaine Doyles, le salua le lieutenant Pegasus, un gradé de la gendarmerie de Briançon, bienvenue parmi nous. On vous attendait.

— Merci c'est gentil de votre part, mais il ne fallait pas. C'est votre truc à vous la montagne, moi vous savez… dit-il sans terminer sa phrase.

— C'est le préfet de Savoie lui-même qui a demandé à ce que vous veniez, on n'y est pour rien. Vous pensez bien qu'on est capables de gérer ça tout seul. Il doit vous avoir à la bonne pour appeler directement.

Doyles vit tout de suite que son comparse était au courant de l'histoire et se moquait de lui. Il ne lui en voulait pas. Tout le monde savait pour cette mésaventure. Une fois de plus, il avait fait la Une des journaux locaux et même nationaux. Son nom était devenu viral pendant quelques heures sur les réseaux sociaux. Beaucoup avaient vanté sa droiture, d'autres s'étaient moqués de lui. Doyles s'en fichait royalement. Il ne les utilisait pas, ces trucs-là. Il avait l'information par ses jeunes collègues, accros à Facebook et Twitter. Cependant, peu de gens savaient qu'à cause de cette histoire, il avait de fortes chances d'être prochainement envoyé en Guyane et cela ne le faisait pas rire du tout.

— Bon, maintenant que je suis là, vous allez peut-être enfin me dire pourquoi ! demanda-t-il, un brin énervé d'être laissé dans l'ignorance la plus totale.

Le gradé se pencha sur un drap posé au sol et le souleva. Doyles eut un mouvement de recul. Des scènes de crime et des morts, il en avait déjà vu, mais à chaque fois cela lui faisait le même effet. Il sentit son café lui remonter dans la gorge.

— Voilà mon cher, expliqua le lieutenant. Piotr Darevin, homme d'affaires russe, retrouvé ce matin par un groupe de randonneurs. Le corps était caché sous un tas de cailloux auprès du lac. Comme vous pouvez le constater, il est pas mal amoché.

Doyles garda sa main droite posée sur sa bouche et son nez. Le visage du cadavre était pour moitié arraché, certainement par un tir à bout portant.

— Vous le connaissez pour savoir qui c'était ? demanda Doyles.

Le lieutenant sourit et répondit :

— Du tout, mais il avait ses papiers sur lui, cachés dans la doublure de sa veste.

Le capitaine hocha la tête et se concentra sur le corps gisant devant ses yeux.

— Et qu'est-ce qu'il fichait là, votre Russe ? On est loin de Moscou ici.

— Ça, ça va être à vous de le découvrir. Ordre du préfet !

Doyles souffla de consternation. Le gendarme de Briançon sourit et lui tapa sur l'épaule pour lui signifier sa compassion.

— J'aurais fait pareil que vous avec la femme du préfet, lui dit-il ensuite, pas de passe-droits mêmes pour les notables. Enfin, je ne lui aurais peut-être pas cassé le nez.

Doyles plissa les lèvres. Son collègue n'avait pas tout à fait tort, il y avait été un peu fort, mais depuis que l'usage du bottin téléphonique avait cessé, il trouvait le métier bien trop aseptisé.

— Ah, au fait, reprit le gradé, il vous donne 48 heures pour résoudre l'enquête et vous réintégrer. Il vous connaît Doyles, tout le monde vous connaît et sait de quoi vous êtes capable. Vous l'avez prouvé par le passé.

Doyles tendit la main au gendarme et le remercia chaleureusement. Après tout, c'était toujours mieux d'être ici dans la montagne que d'être mis au placard. Le gradé s'éloigna puis fit volte-face. Il regarda Doyles dans les yeux et s'exclama :

— Bon courage avec la police locale.

Le capitaine se figea tout net, la bouche ouverte, réalisant ce qui l'attendait.

— Oh non, pas ça ! souffla-t-il. Tout, mais pas eux !

Chapitre 3

15 août plus tôt dans la journée (6 heures du matin plus précisément).

Bien qu'il n'y ait pas encore beaucoup de véhicules à l'horizon, la vie menait déjà son train tambour battant dans le petit village de Maurienne. Cependant, il fallait savoir où la chercher.

Celui qui se serait aventuré à prendre la route du col du Galibier de si bon matin serait arrivé aux Verneys, un hameau situé un peu plus haut que le centre du village. Là, il aurait pu se rendre compte d'une certaine effervescence.

— J'aime ces moments-là, tout d'abord le pied gauche, toujours, ensuite le droit et là, l'herbe miraculeusement gelée par les températures négatives de la nuit qui craque sous chaque pas. Le soleil commence à pointer le bout de son nez et illumine le sommet du Grand Galibier à l'horizon et là…

— Vous faites quoi, tous les deux, à marcher dans l'herbe comme deux gamins ?

Vous n'êtes pas là pour vous tourner les pouces, allez, au boulot !

Traditionnellement, la fête patronale commençait toujours le soir du 14 août. Par tous les temps, les Valloirins de tous âges montaient dans des chars préparés pour l'occasion et défilaient dans le centre-ville. Pour les touristes, ce n'était qu'une sorte de répétition, mais pour les gens du village, c'était le début de grandes festivités. Le seul moment de l'année où tout le monde revenait au pied du Galibier, aussi bien les vieux des maisons de retraite que les jeunes partis à Lyon, à Paris ou ailleurs encore, trouver un travail impossible à dénicher coincé entre deux montagnes.

Cette année cependant, la nouvelle municipalité en avait décidé autrement. Pour une fois, la fête du 15 août se déroulait donc un 15 août et non la veille, tout comme Noël serait le 25 décembre et le feu d'artifice du 14 juillet, le jour de la fête nationale. La pilule n'était pas facilement passée mais, malgré de fortes contestations, les Valloirins n'avaient pas réussi à maintenir la date habituelle.

Lors des préparatifs, une petite dispute avait surgi, quand Malo et Loïs, les deux policiers municipaux, feignant d'aller chercher les dernières barrières à mettre en place s'étaient fait prendre à s'amuser plutôt qu'à bosser.

— C'est bon, c'est bon, grommela Loïs, l'un des deux officiers, on arrive !

Malo, son cousin mais aussi collègue, un coërin d'origine bretonne, mit une des séparations sur l'épaule et commença à râler.

— C'est con quand même, c'était beau ce que tu racontais là, on aurait dit la pub de Zidane pour des yaourts. Celle que j'ai trouvée sur internet. Tu sais quoi, cousin, tu devrais peut-être changer de métier. J'te verrais bien comme publicitier, moi !

— Publicitier ? reprit l'autre, transportant lui aussi du matériel sur l'épaule.

— Bah oui, le type qui joue dans la pub, t'appelles ça comment, toi ?

— Un acteur ! expliqua un des gars du village en leur prenant les barrières pour les monter sur un char. Ça s'appelle un acteur, un comédien ! Vous savez, un mec qui passe son temps à pas faire grand-chose un peu comme vous en fait !

— Comment ça comme nous ? Non, mais ça ne va pas ! Je vais t'en foutre moi des pas grand-chose. Tu sais combien d'heures on travaille par jour ?

Les deux cousins étaient remontés comme des coucous suisses. Ils prenaient tellement leur travail à cœur, qu'ils passaient souvent bien plus de temps à tout vérifier qu'à agir. Tout le monde était au courant au village et cela amusait beaucoup.

— Non j'en sais rien, se gaussa celui qui mettait en place son char intitulé *les Aiguilles d'Arves*.

— Bah nous non plus, monsieur, on ne sait pas ! répondit Malo.

— Non monsieur, reprit Loïs, on ne compte pas nos heures, nous, monsieur !

Le torse en avant, le poing serré et l'index en l'air, Loïs avança pour faire face à son opposant qui était d'une stature bien plus impressionnante. Un peu plus loin, son père regardait la scène en souriant, mais se décida à intervenir.

— Bon, ça suffit les gars, toi, dit-il en désignant son fils, tu te mets au boulot sérieusement et toi, continua-t-il en se tournant cette fois-ci vers le montagnard, tu retournes terminer la mise en place de ton char. On ne va quand même pas se battre aujourd'hui. Allons, les gars. C'est la fête !

Le père de Loïs Villard ne rechignait jamais à mettre la main à la pâte quand il fallait dépanner au village. On le retrouvait partout, assis dans le camion pour livrer du fioul, portant les bobines de cinéma avant le passage au numérique et même rattrapant les bévues des agents municipaux.

Il était à l'origine pour le boycott du défilé du seul 15 août. On ne remisait pas si facilement une tradition au placard. Pour une fois que tout le monde pouvait s'amuser en plein été, où était le mal ? Certes, il y avait eu quelques incidents. Rien de bien grave, quelques jeunes endormis dans le fossé, le boulanger qui avait oublié de mettre du sel dans le pain et du sucre dans les gâteaux, mais face aux nouvelles mesures anti-ébriété, il avait fallu revoir la copie. Finalement, il s'était avoué vaincu et tout le monde avait accepté les consignes ; sur les chars, il fallait être sobre ou plutôt le plus sobre possible.

— Dommage qu'on se soit battus pour rien, dégoisa un des villageois, moi j'aimais bien me balader sur mon tracteur et faire bouchonner tous les touristes la veille du 15 août. Mais bon, c'est le progrès qu'ils disent, tu parles !

— Ouais, t'as carrément raison, mon Jeannot. Si ça continue avec ça, bientôt, ils mettront un éthylotest sur ton tracteur et faudra qu'tu souffles dedans pour qu'i' démarre.

— Bah si c'est ça, répondit l'autre, j's'rais obligé de mettre plus d'eau que d'pastis dans mon verre !

Les deux comparses rirent et continuèrent à ajouter des fourrages et des bidons de lait sur leur remorque. Les chars étaient l'occasion de rappeler la vie d'avant dans les alpages, mais aussi les succès de la station. Il y avait des tarines qui défilaient, la clarine tintante. Un faux curé qui bénissait la foule au vin blanc en mangeant du saucisson. Des jeunes filles déguisées en fermières allant traire des vaches, le ski-club et ses champions brandissant leurs médailles, mais aussi les plus petits qui défilaient parfois en représentant les fleurs de la montagne, sans oublier le fameux char de la *Soupe aux Choux*. Tout un programme. Ça faisait peut-être un peu folklorique, mais tout le monde appréciait, les touristes comme les locaux.

Tout à coup, deux coups de feu retentirent à quelques secondes d'intervalle dans la montagne. La petite troupe s'arrêta et tourna les yeux en direction du Galibier.

— Encore ces braconniers, vociféra le vieux Villard, il va falloir que vous mettiez la main dessus les gars. On va finir par avoir un accident. Il y a déjà eu des coups de feu hier soir. Ça fait beaucoup.

— Des pétards plutôt, sourit Loïs en les regardant, c'est toujours comme ça la veille du 15 août ! Y'a des jeunes qu'ont dû commencer plus tôt que prévu !

— J'sais bien faire la différence entre un pétard et un coup de fusil, mon garçon, maugréa Jeannot sur son tracteur.

— J'sais pas moi, lâcha Loïs, j'ai pas entendu. J'devais déjà dormir !

— Et tu devais être bien fatigué mon coco, blagua Malo, parce que quand je suis venu frapper chez toi ce matin, tu m'as même pas ouvert. C'est comme si t'étais pas là !

Loïs ne répondit rien à son cousin et préféra détourner le regard vers le Galibier.

— C'est vrai quoi, maugréa un autre, on est des chasseurs ici, pas des tueurs. On sait les dates à respecter. On fait ça par passion. Chaque chose en son temps. L'été, on ne va pas se balader dans les massifs, une pétoire à la main.

Loïs et Malo étaient bien d'accord avec eux, mais la montagne était grande et personne ne savait qui pouvait bien être ce tireur. Peut-être même étaient-ils plusieurs ?

— Oui, enfin, on veut bien nous, s'écria Loïs, mais ils sont peut-être dangereux ces types-là.

— Et en plus, ils ont des fusils, répliqua Malo.

— Et vous ? demanda un des gars du village. Vous n'êtes pas armés ?

— Bah non, justement, reprit Malo. Tu vois pas, si on avait une pétoire, on pourrait tuer quelqu'un !

— Ou pire, insista Loïs, on pourrait se blesser ! Tu sais que rien qu'hier à la télé, j'ai aperçu un canard avec un trou dans le pied de la taille d'une balle. Certainement un chasseur qui l'avait raté. Tu te rends compte, si ça nous arrivait !

— Qu'un chasseur vous rate ? Non, pas possible, mais que vous vous blessiez, pourquoi pas, malins comme vous êtes ! hurla de rire un Valloirin.

— Ouais, bah justement. Tout de suite, on a du boulot. Donc si on doit se faire tirer comme des lapins, ça sera demain. Avec un peu de patience et de bonnes jumelles, on va leur tomber dessus, s'exclama Malo. Mais aujourd'hui, c'est la fête. Alors on va pas la gâcher en se prenant du plomb dans les fesses.

Les autres furent d'accord. Pour une fois que la police municipale disait vrai. Seul Loïs ne répondit rien, perdu dans ses pensées.

Chapitre 4

15 août, 11 heures 30, lac Blanc.

En apprenant qu'un compte à rebours lui était imposé pour résoudre cette enquête, le capitaine Doyles dégaina son téléphone pour appeler son supérieur, le commandant Favre, et lui dire sa façon de penser. Pour son malheur, le réseau était très faible. Il dut faire plusieurs tentatives avant de réussir à le joindre.

— Allo ? C'est le capitaine Doyles, passez-moi le commandant Favre.

À l'autre bout du fil, la personne ne semblait pas vouloir répondre favorablement à cette demande. À force de persuasion, Doyles parvint quand même à avoir son interlocuteur.

— Oui, mon Commandant, c'est Doyles, c'est quoi cette histoire de 48 heures ? Depuis quand doit-on résoudre une enquête avec un sablier au-dessus de la tête ? On n'est pas à la télé là, je ne m'appelle pas Axel Bauer moi.

— Axel c'est un chanteur, Capitaine, c'est

Jack Bauer qui sauve les États-Unis en 24 heures, répondit Favre. Alors…

— Alors quoi ? l'interrompit le gendarme. Parce que c'est un Russe, j'ai droit à 24 heures de plus ? Et si ça avait été un Chinois, c'était quoi ? 72 heures ? Vous vous foutez de moi ou quoi ? hurla-t-il à travers le combiné.

— Ordre du préfet, Capitaine. Il n'a pas vraiment apprécié le nez cassé de sa femme. Enfin d'après ce que j'ai pu comprendre, c'est plutôt elle qui le vit assez mal. C'est l'occasion de ne pas partir en Guyane, Doyles, votre seule chance.

Sur ces belles paroles, le commandant raccrocha, laissant Doyles toujours aussi perplexe. C'était pour sa femme qu'il allait se donner à fond afin de comprendre ce qui avait bien pu se passer ici, au pied du lac Blanc. Quand il lui avait appris qu'il était muté, elle s'était tout de suite réjouie. Depuis le temps qu'il attendait de retourner en Normandie. Mais rapidement, elle avait déchanté. Pour elle, la Guyane était synonyme de jungle, de crocodiles et de déplacements en pirogues sans oublier les moustiques et Zika. Un véritable cauchemar.

— Bon c'est pas tout ça, se ressaisit-il, ça fait plus d'une demi-heure que je suis là et, à part son nom, je ne connais rien du tout de l'enquête.

Doyles rengaina son smartphone et se dirigea vers le médecin légiste qui s'affairait près du corps.

— Ah Capitaine, dit ce dernier en se relevant, j'ai appris que c'était vous qui repreniez l'enquête. C'est une bonne chose, il paraît que vous connaissez bien les environs.

— Mouais, si l'on veut. Sinon, on a quoi ?

— Ce que je peux vous dire pour le moment, c'est que le décès remonte à hier seulement. Vu la rigidité cadavérique, je dirais moins de 24 heures.

— Et la cause de la mort ?

— Il a la partie gauche du visage bien amochée, ce qui pourrait être dû à un tir.

— Quelqu'un qui l'aurait abattu d'une balle dans la tête ? Une exécution vous pensez ?

— Possible, il a aussi du sang dans le dos, mais pour le moment, je ne peux pas vous en dire beaucoup plus. Je vais le faire transporter à l'institut médico-légal pour en savoir davantage. Dès que j'ai une nouvelle information, je vous appelle. Ça vous va ?

— J'ai pas vraiment le choix, mais ne tardez pas, l'encouragea Doyles, on m'a donné des instructions pour que tout cela soit résolu au plus vite.

— Je ferai de mon mieux, ne vous inquiétez pas.

Le capitaine remercia le légiste et prit quelques instants pour bien s'approprier les lieux. Il possédait une mémoire photographique. Un don bien appréciable dans son métier. Il tourna sur lui-même et s'imprégna des environs. La montagne, les pierres, le lac, il avait tout retenu. Il ferma les yeux et lorsqu'il les rouvrit, une lueur étrange l'éblouit.

À quelques mètres de l'ancien cairn, une pièce de cuivre renvoyait les rayons du soleil. Il s'avança et préleva soigneusement une balle de fusil.

— Eh, vous ! héla-t-il en direction d'un des derniers gendarmes s'affairant à ranger le matériel. Elles viennent d'où les pierres qui sont là ?

— Ça, mon capitaine, ce sont les restes du cairn. Ce sont les gens qui ont découvert le corps qui les ont déplacées et jetées ici.

Doyles saisit le petit sac transparent dans lequel il avait posé l'indice et le tendit au jeune gendarme.

— Tiens, maintenant tu vas avoir un vrai truc à faire. Tu prends ça et tu le donnes à ton chef pour qu'il me le fasse analyser le plus rapidement possible. T'as compris ?

— Oui, mon Capitaine, dit le jeunot en hochant la tête.

— Tu lui dis bien que c'est de ma part et que c'est urgent ! Okay ?

— Oui, mon Capitaine, très bien, mon Capitaine !

Le bleu lâcha tout ce qu'il faisait et courut rejoindre le lieutenant Pegasus qui montait dans l'hélicoptère en direction de Briançon. Ce dernier saisit le sachet et fit signe à Doyles qu'il l'appellerait aussitôt le résultat obtenu. Le gradé salua le gendarme qui s'envolait et regretta ne pas avoir de collègues de cette qualité dans son unité. Avec des gars comme ça, il aurait peut-être apprécié le travail en équipe.

À quelques mètres, un hélicoptère l'attendait pour le redescendre au village. De là, il prendrait réellement le contrôle des opérations. En quelques instants, le capitaine se retrouva dans le ciel à plusieurs mètres du sol. Il profita d'être en l'air pour avoir un meilleur aperçu des lieux et il se demanda pourquoi quelqu'un était venu ici pour abattre ce Russe d'une balle dans la tête. En hélico, il fallait moins de cinq minutes pour rejoindre la route et le village, mais Doyles ne savait pas combien de temps cela lui prendrait à pied. Après tout, il n'y avait pas trente-six chemins pour monter jusqu'au lac. Quelqu'un avait dû voir passer l'étranger la veille au soir. Ce n'était pas les Champs-Élysées après tout.

Quand l'appareil survola le village, la surprise fut totale. Du rond point du Carrefour

Montagne jusqu'à l'Office du Tourisme en passant devant l'Église et le long de l'Avenue de la Vallée d'Or, les lieux étaient noirs de monde. Pas un centimètre carré d'espace libre. Depuis l'hélicoptère, Doyles avait l'impression de regarder des milliers de fourmis marchant les unes derrière les autres au rythme d'une musique qui s'élevait dans les airs au point de résonner dans l'habitacle du petit engin volant de la gendarmerie.

— On a prévenu la police municipale de votre arrivée, l'informa le pilote. Ils vous attendent près des télécabines qui montent au Crey du Quart.

Doyles acquiesça et vit les deux membres des forces locales faire de grands signes à l'appareil alors que ce dernier se posait délicatement. Le gendarme sauta de l'engin et se pencha pour éviter de prendre toute la poussière dans les yeux. Les deux agents municipaux se ruèrent en direction de Doyles.

— Oh, Capitaine ! s'écria Loïs, on est bien contents de vous revoir !

— C'est vrai ça, répliqua Malo, c'est que vous nous avez manqué. C'est dommage qu'à chaque fois qu'on vous disait de venir vous aviez un empêchement.

Depuis sa dernière enquête au village, Doyles avait reçu d'innombrables invitations de la part de Loïs Villard et Malo, les deux cousins policiers municipaux. Chaque fois, il avait trouvé un bon prétexte pour ne pas y aller. Les deux garçons étaient bien gentils, mais passer une soirée à table avec eux n'était pas du goût du capitaine. Il n'en avait jamais parlé à sa femme. Cette dernière lui aurait fait la morale pendant des jours et des jours, au point qu'il aurait fini par céder et accepter une des invitations. Après tout, ce n'étaient pas de mauvais gamins. Il fallait les connaître.

— Que voulez-vous, mentit Doyles, on ne fait pas toujours ce qu'on désire. Mais on trouvera bien une date.

— Bah c'est pas dur, dit Malo en sautant sur l'occasion, à part aujourd'hui, on est libres tous les jours. N'est-ce pas Loïs ?

Son cousin opina du chef à ces propos. Il ajouta même :

— Et vous, vous êtes disponible quand, Capitaine ?

Doyles ferma les yeux, comme s'il réfléchissait, et répondit :

— Là, ça va être compliqué, j'ai un voyage en Guyane de prévu dans quelques semaines. Et avant j'ai une dernière enquête à résoudre.

— Quand vous rentrerez de vos vacances alors ? demanda Loïs.

— C'est ça, acquiesça le capitaine. À mon retour de Guyane !

Finalement, cette mutation impromptue

n'avait pas que des mauvais côtés. Il préférait mille fois se coltiner des plages avec des requins et des fleuves aux crocodiles plutôt que de dîner avec Malo et Loïs. Après tout, sa mère lui avait toujours dit qu'il ne fallait pas abuser des bonnes choses.

— Et sinon, pourquoi vous êtes là ? l'interrogea Malo. Parce qu'on n'a pas bien compris quand on nous a appelés. Il y avait un peu de bruit dans la rue.

— Il y en a encore, si je ne me trompe, confirma le capitaine.

— C'est parce qu'aujourd'hui, c'est la fête du 15 août, précisa Loïs.

— Ah ? C'est pour ça ! ajouta Doyles. Vous fêtez l'Assomption ici ?

— Bah non, Capitaine, reprit Loïs. Je viens de vous le dire, on fête le 15 août ! L'Ascension, c'est en mai ou juin. C'est le lundi qu'on doit bosser pour les vieux ! continua Loïs en maudissant le Premier ministre qui avait eu cette bonne idée à l'époque.

Doyles se passa la main gauche sur le menton et contesta la réponse donnée :

— Non, ça, c'est la Pentecôte !

— Ah ? Peut-être ? se demanda Loïs. Mais ça ne change rien, aujourd'hui c'est la fête.

Après cette remarque, Doyles comprit qu'il lui faudrait bien ses quarante-huit heures pour résoudre cette enquête avec deux loustics pareils.

— Et sinon ? reprit Malo qui n'avait pas eu la réponse à sa première interrogation. Pourquoi vous êtes là ? Le boulot ?

C'est vrai que la question n'était pas si stupide. Après tout, le capitaine n'était arrivé qu'à bord d'un hélicoptère bleu sur lequel était inscrite en gros une suite de lettres formant le mot « GENDARMERIE ». C'était habituel de se promener dans de tels engins.

— Des randonneurs ont retrouvé un corps dans votre Galibier, ce matin. Un certain Piotr Darevin, une balle dans la tête et enterré sous un tas de cailloux.

En entendant ce nom, les deux jeunes gens cessèrent tout de suite de sourire.

— Vous le connaissiez ? se renseigna le capitaine.

— Tout le monde sait qui c'est ici, rétorqua Loïs, et nous, on le haïssait ! Un arriviste, une ordure, un pourri ce type ! s'exclama-t-il en crachant par terre.

L'attitude du policier municipal choqua Doyles. Il fallait qu'il tire cela au clair. Tout le monde pouvait être suspecté du crime, même les personnes les plus improbables.

Chapitre 5

Valloire, 15 août, Avenue de la Vallée d'Or, 12 h.

Assis à la terrasse d'un café, les deux policiers racontèrent au capitaine Doyles ce qu'ils connaissaient sur cet homme. En reposant son verre de grenadine, Loïs commença :

— Darevin, c'est pas un type bien. Il est arrivé d'on ne sait où et du jour au lendemain il s'est mis à jouer au grand seigneur. Tout le monde en avait plein les yeux.

— Ouais, ajouta Malo, franchement je n'ai pas compris pourquoi. Mais je suis bien content que quelqu'un ait osé lui faire la peau.

— Non, mais vous vous rendez compte de ce que vous dites ? demanda Doyles. On ne peut pas tuer quelqu'un comme ça ! On n'est pas au Far West.

Les deux hommes fixèrent Doyles et sourirent.

— Pas à nous, Capitaine, on est au courant pour vos affaires avec la femme du préfet. Ça a fait le tour de la montagne.

— C'est bon, maugréa Doyles. Ça arrive parfois de réagir un peu promptement. Mais quand même…

— C'était juste une façon de parler, l'éclaira Malo, bien sûr qu'on voulait pas qu'il se fasse tuer. Mais franchement, un sale type comme ça.

— Allez, expliquez-moi, pourquoi tout le monde n'en avait que pour lui ?

Malo reprit lui aussi une gorgée de grenadine, avala une poignée de cacahuètes et se lança :

— Je ne sais pas trop quand il est arrivé, ça devait être un peu à la fin de l'été dernier. Il avait un projet ahurissant à proposer pour relancer le village. Vous vous rendez compte, un Russe qui se pointe comme ça et qui nous annonce qu'il va amener plein de pognon. Je ne vous dis pas comment tout le monde l'a écouté.

— C'est vrai, surenchérit Loïs, des promoteurs immobiliers, on en a tout le temps, mais là, c'était différent. Il avait un projet avec un retour à la nature. Pas de béton, pas de grue, un truc écolabellisé.

Doyles écouta avec attention en regardant autour de lui les derniers chars remonter vers les Verneys. Le public de touristes et de Valloirins se dispersait lui aussi.

— Je ne comprends pas pourquoi vous

vous êtes ligués contre cet homme. Il y avait quelque chose qui clochait ?

— Non, c'est là le problème, tout était trop beau, reprit Loïs. Enfin, au début, tout le monde n'était pas de cet avis.

*

— Mesdames, messieurs, laissez-moi tout d'abord vous présenter mon projet, ensuite vous aurez tout le loisir de donner votre point de vue.

— Allez-y, mon cher ami. Nous sommes tout ouïe !

Dans la salle polyvalente transformée pour l'occasion en lieu de réunion, Piotr Darevin, un oligarque russe, venait présenter son projet. Il visait à faire de Valloire une station nouvelle génération, écolabéllisée et ciblant une clientèle prête à faire de gros efforts financiers pour vivre des expériences extraordinaires, dans un cadre magnifique.

Le quadra russe avait choisi cette station pour le charme émanant de ce village coincé entre deux pans de montagne et faisant le lien entre les Alpes du Nord et les Alpes du Sud. Les grosses stations n'avaient pour lui aucun intérêt. Le béton avait ravagé les pentes et les hôtels cinq étoiles se dressaient les uns à côté des autres interdisant au touriste moyen de faire une halte en ces lieux.

Contrairement à Megève, Courchevel ou Val-d'Isère et malgré les récents développements effectués pour améliorer le domaine skiable, Valloire était encore une station à caractère familial et cela avait tapé dans l'œil de Darevin. Multimillionnaire, il n'en restait pas moins un amoureux fou de la nature et il détestait le faste des grands hôtels où ses compatriotes se réunissaient tous les hivers.

Après avoir vanté les mérites du village et tenté d'amadouer les plus réticents en leur servant du caviar et de la vodka, il commença la présentation.

— Comme vous le savez tous ici, à partir du moment où les pistes ferment, ce qui veut dire au plus tard à 16 h 30, les seules activités qui restent à vos chers touristes sont la patinoire, le cinéma et les boutiques.

— Vous en oubliez quand même, on a un bowling, un spa, une salle de sports, coupa l'un des participants, déjà pas mal remonté par le début de la présentation.

— Ouais, c'est vrai ! renchérit un autre, vous nous prenez pour des bouseux ou quoi !

— Mes amis, s'il vous plaît, continua le Russe dans un français sans accent, laissez-moi finir avant de râler. Vous avez parfaitement raison, il y a bien quelques activités, mais en comparaison avec les grandes stations, les sports d'hiver s'arrêtent trop tôt ici. Ce que je vous propose, c'est ça.

Sur un écran situé derrière lui, Darevin projeta un petit film dans lequel plusieurs idées défilaient : des nuitées dans les chalets d'alpages, des randonnées nocturnes accompagnées de chiens de traîneau, du ski jusqu'à vingt-deux heures sur certaines pistes, des nuits en igloo ou en yourte.

Ensuite, il vanta les mérites de son programme. Dans l'assistance, les Valloirins écoutaient, mais peu d'entre eux semblaient convaincus par les différents projets. Dans le fond de la salle, les murmures commençaient déjà à s'amplifier.

— Si c'est pour nous expliquer que ce qu'on fait n'est pas bien, il aurait pu rester chez lui le Russe, souffla l'un des participants à son voisin.

— De toute façon, moi je n'en veux pas de ces gens-là chez nous, ils te font sympa par devant et ils te plantent leur parapluie bulgare dans le dos après, répondit un habitant.

— Faut pas exagérer non plus, c'est fini le KGB et tous ces trucs-là, en plus on a du caviar à volonté, on ne va pas se plaindre, contesta un autre en essayant de prendre la défense de l'orateur.

Sans se laisser démonter par le brouhaha qui montait de la salle, Piotr Darevin continua sa présentation sans sourciller :

— Et maintenant, le clou du spectacle !

Les lumières furent éteintes, la musique réglée comme pour l'entrée des boxeurs sur le ring et là, sur l'écran géant disposé au fond de la salle, apparut une photo du Galibier sur laquelle était incrusté un chalet ultramoderne, répondant à toutes les normes écologiques possibles et s'insérant dans le paysage comme s'il en avait toujours fait partie.

— C'est quoi ce truc ? demanda l'un des participants.

— Ce truc, comme vous dites si bien, mon cher, c'est le joyau de mon projet. Un hôtel « retour aux sources » au pied du Galibier, uniquement accessible à pied, en raquette ou en traîneau. Bon bien entendu, une dépose en hélicoptère est aussi possible, mais je préfère l'éviter pour ne pas perturber la nature ! présenta Darevin tout sourire.

— Parce que vous trouvez que planter un hôtel dans le Galibier, au lac Blanc, ce n'est pas perturber la nature ? s'emporta une personne du premier rang.

— Comment allez-vous faire pour monter tout le matériel nécessaire là-haut ? Vous savez au moins où c'est le lac Blanc, ou on vous a juste mis une croix dessus avec Google Maps ? Non, mais sérieusement, c'est du gros n'importe quoi votre truc !

Sans même laisser leur interlocuteur s'exprimer, les trois quarts des convives présents dans la salle se levèrent comme un seul homme et prirent la porte, sans toutefois oublier leur bouteille de vodka cadeau et la boîte de caviar. En tout et pour tout, il devait rester cinq personnes dans la pièce, plus occupées à tourner autour du buffet qu'à écouter l'orateur. Quand ils levèrent la tête, ils s'aperçurent qu'il n'y avait plus qu'eux. Darevin s'approcha alors et les félicita :

— Je savais bien que mon projet ne rencontrerait pas que des pessimistes. Je vois bien dans vos regards que vous trouvez ça intéressant. Je me trompe ?

*

— Et bien sûr, vous êtes restés jusqu'au bout ? demanda Doyles.

— C'était un beau buffet ! expliqua Loïs. On n'allait pas tout laisser se perdre.

— Mais alors, reprit le capitaine, d'après ce que vous m'avez raconté, c'était pas gagné son projet.

Doyles ne comprit pas comment ce Russe avait pu réussir à faire changer d'avis la quasi-totalité du village.

— Comme partout, on n'aime pas qu'on nous impose des choses, vociféra Malo.

— Et puis le coup de l'hôtel dans le Galibier, franchement, c'est la goutte d'eau qui a fait déborder le vase. Faut pas déconner quand même.

— Et vous là-dedans ? interrogea le capitaine.

Les deux garçons se fixèrent semblant se concerter du regard.

— Nous, rien, affirma Loïs, on l'aimait pas parce qu'il nous a pris pour ses larbins.

Malo jeta un coup d'œil à son cousin en plissant les yeux. Doyles remarqua cette petite pause, mais ne la releva pas. Il voulait connaître les motifs de leur haine envers cet homme.

— Ouais, confirma Malo. Comme on était restés à sa présentation, il a cru qu'on avait envie de l'aider alors il nous a demandé plein de trucs.

— Ouais, genre, on est des esclaves. Depuis on l'avait dans le nez ce gars-là.

— Et puis, on n'aime pas les Russes, grogna Malo.

— Et les Chinois non plus, surenchérit son cousin.

Doyles ne vit pas le rapport, mais nota scrupuleusement tout ce qu'ils lui avaient dit. Au fur et à mesure des enquêtes, il avait appris à n'omettre aucun détail. À cet instant, la voiture du père de Loïs apparut et se gara le long des barrières en bois à côté de la Cartepostalerie. Lorsqu'il aperçut le capitaine attablé avec les deux policiers municipaux, il les salua et se dirigea vers eux.

— Capitaine, annonça le paternel de Villard en lui serrant la main, ça fait plaisir de vous voir.

— De même monsieur Villard, répondit Doyles en l'invitant à se joindre à eux.

— Vous êtes là pour le cadavre retrouvé ce matin ?

— Vous êtes déjà au courant ? fit Doyles, surpris

— Comme d'habitude, le téléphone arabe fonctionne correctement ici. Vous savez qui a pu faire cela ?

— Aucune idée pour le moment, mon cher. Votre fiston et son cousin sont en train de me faire un exposé sur ce Darevin. Mais je ne comprends pas comment il a pu passer de méchant Russe venant tout massacrer sur son chemin à un gars respectable, apprécié de tous.

Le père de Loïs regarda son fils et le sermonna :

— Qu'est-ce que tu as bien pu dire, toi ?

— Rien papa, juste que je ne l'aimais pas. C'est tout.

Face à son géniteur, Loïs n'en menait pas large. Doyles put tout de suite voir que le cordon n'était pas totalement coupé entre eux.

— C'est vrai, tonton, approuva Malo. On

a expliqué le projet de Darevin au Capitaine, c'est tout.

— Monsieur Darevin, protesta le père Villard.

— Ouais, c'est pareil, bougonna son fils.

— Loïs ! le sermonna-t-il, ça suffit !

Le jeune policier municipal finit son verre d'un trait, se leva et partit sans même prononcer un mot. Son acolyte fit de même, prenant néanmoins soin de les excuser, en prétextant qu'ils allaient vérifier si le défilé s'était bien déroulé pour tout le monde.

— Et vous, monsieur Villard, demanda Doyles, vous en pensiez quoi de Piotr Darevin ?

— Pas grand-chose, Capitaine, mais je suis une personne pragmatique. La ville a un léger passif au niveau financier et comme par magie, un Russe tombe du ciel pour nous apporter un projet hors-norme qui devait rapporter beaucoup de sous.

— Ce n'est pas trop beau, tout ça ?

— C'est ce que je me suis dit aussi. Donc j'ai bien étudié tout ce qu'il avait montré. Ça semblait vraiment sérieux. Il proposait de faire travailler tous les services de la ville. Les guides, les moniteurs, les restaurants, même les loueurs de ski. Tout le monde était concerné. Le hic, c'était l'hôtel au pied du Grand Galibier, à côté du lac Blanc.

Après avoir passé une partie de la matinée à cet endroit, le capitaine Doyles comprenait parfaitement pourquoi la population s'était insurgée en entendant cette proposition.

— Vous savez que c'est là qu'on a retrouvé le corps ? précisa-t-il. C'est étrange quand même ? demanda Doyles en reprenant une gorgée de Badoit citron.

— Ce qui est surtout bizarre, Capitaine, c'est que finalement, il ait changé d'avis.

Doyles s'étouffa presque en entendant cela.

— Comment ça ? interrogea-t-il.

— C'était fini cette histoire d'hôtel. L'idée n'était pas sotte et certainement très lucrative. Imaginez, un lieu perdu dans la montagne en plein hiver. Pas une remontée mécanique et un désert blanc à perte de vue.

— J'imagine bien, songea Doyles en se disant que jamais de la vie il n'aurait donné un centime pour passer une nuit ou même une heure entouré de neige.

Il détestait cela.

— Et surtout, vous êtes les seuls à pouvoir skier là-bas, au milieu du désert blanc. Nul besoin de se mélanger au commun des mortels. Pour des gens riches à millions, c'est presque le rêve absolu.

— Si vous le dites, acquiesça le capitaine. Mais alors, pourquoi y renoncer ?

— Parce qu'avec cette idée, il se mettait

tout le monde à dos. En fait, reprit Villard en ajustant ses lunettes de soleil sur le bout de son nez, c'est quand il a présenté son projet modifié que les gens se sont mis à lui trouver un intérêt. Il envisageait de racheter tous les chalets d'alpage, d'en retaper certains et de recréer des petits villages dans la montagne, mais avec tout le confort attendu par des clients fortunés.

— Alors, s'il a renoncé à son projet pour le lac Blanc, pourquoi l'a-t-on retrouvé là-bas, sous un tas de cailloux ?

— Ça, Capitaine, c'est vous qui allez devoir nous le dire ! conclut Villard en terminant sa bière.

Chapitre 6

Route des Villards, 12h30.

— Qu'est-ce qui t'a pris de partir comme ça, tu sais qu'on est sous ses ordres pendant qu'il est là ? demanda Malo en rejoignant son cousin dans leur véhicule de service.

— Qu'est-ce que tu veux que ça me fasse ? Et puis j'en ai marre qu'on me prenne pour un gamin, surtout mon père. S'il savait ce que je suis capable de faire, il me remercierait plutôt.

— Tu veux dire quoi ?

— Rien du tout ! Mais je lui ai dit ce que j'en pensais de son projet moi, au Russe !

Au volant, Loïs semblait très en colère. Jamais son cousin ne l'avait vu ainsi. Habituellement, les deux hommes étaient sur la même longueur d'onde, mais depuis l'arrivée de Darevin, il y avait une certaine tension entre eux.

— En tout cas, je ne sais pas qui a pu tuer le Russe, mais y'en a certains qui vont s'en mordre les doigts.

— Comme qui ? demanda Loïs. Moi, j'en

ai rien à faire, c'était un pourri ce type-là. Un parvenu. Comme s'il pouvait arriver chez nous et prendre le contrôle de tout. J'suis bien content qu'on lui ait fait la peau.

— C'est déjà ce que tu as dit tout à l'heure. Mais qu'est-ce que tu as ? l'interrogea Malo. En plus, t'as expliqué qu'on le haïssait. C'était pas à ce point, quand même.

— C'est normal, s'énerva Loïs, pour toi, tout le monde est beau, tout le monde est gentil. Tu vis chez les Bisounours ou quoi ?

— C'est bon, calme-toi mon vieux, on n'était pas d'accord avec ses idées, mais depuis un moment, il cherchait à faire quelque chose de bien, en harmonie avec la nature.

Loïs ne répondit rien. Alors qu'ils traversaient le pont après la patinoire, le conducteur prit tout à coup à droite et accéléra en direction du hameau des Villards. Les touristes n'étaient guère légion sur cette route, ils préféraient s'attaquer au chemin en contrebas les menant directement à destination. Cependant, plusieurs fois, il dut faire un écart pour dépasser les cyclistes partant à l'assaut de Poingt Ravier.

Arrivée dans ce qui semblait un cul-de-sac, la voiture s'arrêta.

— Tiens, regarde, s'écria Loïs, en pointant du doigt un énorme 4 x 4 blanc flambant neuf, c'est ça être en harmonie avec la nature ?

— Ça n'a rien à voir ! objecta Malo. Il est immatriculé en Suisse, si ça se trouve, c'est même pas à lui. Il y a d'autres personnes qui habitent ici. Et je ne l'ai jamais vu avant ce SUV, moi.

— D'autres qui ont les moyens de se payer ce genre de bagnole ? s'énerva Loïs.

— C'est peut-être à la vieille, suggéra Malo.

— Tu crois ça, toi ? T'es vraiment à côté de la plaque, mon pauvre !

Malo ne sut quoi répondre. Au cours de l'hiver, Piotr Darevin s'était lié d'amitié avec l'une des plus riches habitantes de Valloire, madame Lucille Ruaz. Elle était née au village quelque quatre-vingts ans plus tôt, mais n'avait dû son argent qu'à ses différents époux, passés de vie à trépas les uns après les autres. Le premier d'entre eux, Eugène Ruaz (elle avait toujours gardé son nom), avait hérité plusieurs terrains de ses parents, agriculteurs dans le centre du village. Grands travailleurs, ils étaient tous les deux morts accidentellement à cause d'une fuite de gaz dans leur cuisine. Eugène, seize ans à l'époque, avait miraculeusement survécu grâce à la fenêtre de sa chambre, restée ouverte pendant la nuit. Lucille, fille unique des commis des parents Ruaz, avait passé son enfance avec Eugène. Les deux Valloirins s'étaient tout naturellement rapprochés et,

Eugène, après avoir vécu chez une tante jusqu'à sa majorité, avait ensuite repris la ferme familiale et avait fini par épouser la jeune femme en 1954. Bien qu'âgée de dix-huit ans, Lucille n'était pas encore majeure pour l'époque et c'est son propre père qui avait dû signer à sa place. Leur idylle avait duré cinq belles années avant que le malheur n'arrive. Le jour de ses vingt-cinq ans, Eugène était parti à la chasse dans les montagnes. Il n'en était jamais revenu.

Son corps avait été retrouvé dans les bois du Télégraphe, tué d'une balle en plein front. L'enquête conclut à un bête accident de chasse. Un de ses comparses ne sachant pas qu'il se trouvait dans les environs, aurait vu une ombre passer derrière un arbre et aurait fait feu, croyant tirer sur un chevreuil ou tout autre gibier. Le calibre 16 juxtaposé avec de la chevrotine triple zéro n'avait pas fait de pli. Personne ne se dénonça et l'enquête ne put jamais déterminer qui avait été l'auteur de ce tir malheureux. Lucille se retrouva veuve très jeune. Ainsi, elle récupéra un beau lot de terre dans le centre du village, une petite maison dans le hameau des Villards et aussi d'autres biens dispersés à travers les alpages. Cependant, quand une connaissance révéla que feu son mari passait plus de temps dans les draps des voisines que dans ses champs, les circonstances du coup de feu firent naître quelques doutes dans la tête des Valloirins. La jeune femme n'en eut cure. Elle essaya de maintenir la ferme à flot, mais ne pouvant s'en sortir seule, elle la mit en location et partit vivre à Lyon où elle refit sa vie avec un médecin.

Une nouvelle fois, le destin s'acharna son époux qui fut retrouvé mort dans son cabinet. Le suicide fut la cause retenue pour expliquer son geste, mais certaines mauvaises langues ne purent s'empêcher de cracher leur venin sur Lucille Ruaz quand elles apprirent que le beau docteur appréciait tout particulièrement plusieurs de ses patientes. La rumeur refit surface. Une nouvelle fois, les quolibets jaillirent et la presse locale se jeta sur elle comme la vérole sur le bas-clergé. La Valloirinche, consciente de ses atouts, joua le jeu et répondit à toutes les accusations lancées contre elle. À la surprise générale, elle fut acquittée, le juge n'ayant rien trouvé prouvant la culpabilité de l'ancienne fermière.

Après l'inhumation de son mari, elle revint passer quelques jours au village, mais les regards sur elle avaient changé. Plusieurs fois, elle se fit traiter de veuve noire. Le terme lui déplut fortement. Elle refusa de porter le deuil d'un époux coureur de jupons. Plusieurs années plus tard, elle vendit tous les terrains qu'elle possédait à Valloire, ainsi que les appartements de son deuxième mari, et monta vivre à Paris.

Elle ne revint qu'à la retraite avec un nouvel homme. Un vieux notaire, propriétaire de plusieurs immeubles de la capitale. Avec lui, elle avait parcouru le monde, visité les plus beaux sites et dormi dans les meilleurs hôtels de la planète. Tous les deux, ils restaurèrent l'ancienne masure et en firent une magnifique demeure. Sa réputation, disparue avec les années vécues dans les terres de l'Île-de-France, ne réapparut jamais, même quand son troisième et dernier compagnon fut mortellement renversé lors d'une virée cycliste en Maurienne.

Malo et Loïs connaissaient parfaitement ces histoires et Lucille tout particulièrement. Elle était de toutes les réceptions de la ville. Elle passait son temps à aider les autres, comme elle le faisait dans sa jeunesse. Durant la précédente saison d'hiver, Piotr Darevin s'était lié d'amitié avec l'octogénaire. Elle aimait sa culture et leurs goûts convergeaient sur bien des sujets. Malgré leur grande différence d'âge, ils passaient de plus en plus de temps ensemble, au point que la population locale crut qu'il y avait entre eux plus qu'une forte amitié. En outre, face aux difficultés rencontrées par le Russe pour débloquer ses fonds, elle dut mettre la main au porte-monnaie afin de subvenir à ses besoins divers et variés. Si Darevin n'avait pas été connu pour posséder lui-même beaucoup d'argent, il aurait certainement été soupçonné d'utiliser Lucille Ruaz à des fins crapuleuses. Le gros 4 x 4 pouvait très bien être la dernière dépense de la vieille dame pour son protégé.

Malo regarda le bel engin et répondit à la question de son cousin :

— J'en sais rien, et même si c'était le cas, elle fait ce qu'elle veut de son pognon, non ? T'es jaloux ou quoi ?

— Moi ? s'énerva Loïs, et puis quoi encore ? J'ai pas besoin de me prostituer pour avoir une bagnole ! Mais c'est pas là le problème ! Il nous prenait pour des idiots à nous faire croire qu'il voulait faire un truc écolo pour ensuite polluer autant avec un engin pareil !

Loïs accentua bien sur le dernier mot et ne se priva pas pour pointer du doigt la « grosse bagnole » comme il disait si bien. À cet instant, Lucille Ruaz sortit de chez elle. En voyant les deux policiers, elle s'arrêta, surprise par leur présence. Depuis la fin du défilé, elle n'avait pas encore retiré ses habits de parade. L'octogénaire était vêtue du costume traditionnel de la Valloirinche, composé d'une robe noire, d'un tablier et d'un châle brodé avec de la soie. Pour bien porter la coiffe, le front était entièrement dégagé avec les cheveux tirés au maximum vers l'arrière, et très important, le col du châle devait comporter huit plis dans le cou. Pour les Coërinches qui voulaient se marier au village dans l'habit traditionnel, il était de coutume que les vieilles du coin inspectent la tenue et particulièrement le nombre des plis. Pour elles, soit le costume était bien porté, soit la mariée ne pouvait l'avoir sur le dos. La robe était très basique, en laine noire et le châle devait être attaché sur un gros bourrelet posé sur le derrière. Pour un non-initié, on aurait pu croire à un « faux-cul ». Pour terminer l'ouvrage, la Valloirinche portait une croix de Savoie.

Depuis l'habitacle de leur auto, Malo et Loïs saluèrent la vieille dame et sortirent. Lucille Ruaz se déplaça dans leur direction.

— Bonjour, les garçons, dit-elle en leur tendant la main, comment allez-vous ?

— Très bien, madame Ruaz, répondit Malo. Et vous ?

— Je suis fatiguée. Vous savez, à mon âge, défiler pendant plus d'une heure, c'est éreintant.

— Je veux bien vous croire, affirma Malo sans que son cousin daigne ouvrir la bouche pour parler. En tout cas, j'aimerais bien être comme vous dans soixante ans. Je n'ai jamais vu quelqu'un d'aussi fringant à…

Malo était bien au courant que la veuve

Ruaz n'était pas toute jeune, mais il ignorait son âge réel.

— Oh ! dit-elle en comprenant qu'il ne parvenait pas à mettre un nombre sur les plis de son visage. Dans ma tête, j'ai toujours trente ans vous savez, avec quelques rides en plus.

— À peine, à peine, assura Malo en souriant lui aussi.

Loïs n'avait toujours rien dit. Les mains sur son ceinturon noir, il se redressa, prit un air sérieux et s'exclama :

— Madame Ruaz, nous sommes là, car nous avons quelque chose d'important à vous apprendre.

Pour une fois, Loïs donnait l'impression d'être droit dans ses bottes. Prise de court, Lucille Ruaz le regarda en silence.

— Ce matin, le corps sans vie de Piotr Darevin a été retrouvé au pied du lac Blanc.

— Oh !

Ce fut le seul son produit par la vieille dame qui perdit pied sous le poids de la nouvelle. Debout, à ses côtés, Malo la rattrapa de justesse, lui évitant de se fracasser la tête contre le sol. Malgré le faible poids de la Valloirinche, Loïs se pencha à son tour pour l'aider. Chacun prit un bras de Lucille et, en la soutenant, ils la raccompagnèrent à son domicile. Une fois la mémé assise, Malo se dirigea vers une table basse sur laquelle reposaient des verres, une bouteille de génépi et une autre de pastis.

— J'lui sers quoi ? demanda-t-il à son cousin, plus habitué que lui à boire.

— Un génépi ! Tu crois qu'elle va revenir à elle avec une rincette de pastis ?

— Avec l'odeur de l'anis, pourquoi pas, dit-il en versant le génépi.

Il referma la bouteille et posa un bord du verre sur les lèvres de Lucielle Ruaz. Très faible, cette dernière se laissa faire et l'alcool maison s'écoula dans sa bouche.

— Deux gouttes, ça suffit, hurla Loïs en voyant Malo verser et verser encore.

— Bah ? Faut que ça fasse effet quand même.

— Enfin, t'as vu ce que tu as mis ? C'est pas de l'eau non plus !

N'écoutant que son courage, Malo prit le verre et le porta à ses lèvres. Voulant montrer qu'il était un vrai bonhomme, il but une grande gorgée du liquide.

— Pfff !!! fit-il en crachant tout le génépi qui lui brûlait la langue et le palais. C'est pas possible d'avaler un truc pareil.

— C'est de l'eau-de-feu, mon ami, rigola Loïs en imitant la voix d'un Indien d'Amérique.

Tout en essayant de reprendre un semblant de contenance, Malo éclata de rire à son tour sans s'apercevoir que la vieille dame avait recouvré ses esprits et les regardait l'air amusé.

— Ah, tiens, ça va mieux madame Ruaz ? demanda Loïs en remarquant le sourire sur le visage de Lucille.

Cette dernière hocha la tête pour lui expliquer que tout allait bien et répondit :

— Je suis désolée de vous avoir fait peur, les garçons. Mon vieux cœur me joue des tours par moments. Racontez-moi tout ça, voulez-vous ?

Face au désarroi de la grand-mère, Loïs avait perdu le ton agressif qui le caractérisait depuis le début de la matinée. Avec son cousin, ils prirent place. Pendant une bonne dizaine de minutes, les deux policiers municipaux racontèrent tout ce que le capitaine Doyles leur avait dit. La mamie n'en crut pas ses oreilles. À aucun moment, elle ne posa de questions. Face à son mutisme, Malo et Loïs finirent par se lever et prirent congé de leur hôte. Alors qu'ils rejoignaient leur voiture, la vieillarde apparut à la fenêtre et leur fit signe d'attendre. Quelques minutes plus tard, elle sortit et leur tendit une enveloppe à son nom. À l'intérieur se trouvait un courrier de Piotr Darevin.

Chapitre 7

Vallée d'Or, 13h.

— Bon, ils sont où mes deux zouaves ? pesta Doyles en terminant sa discussion avec le père de Loïs Villard.

Depuis le départ en trombe de Loïs, le capitaine de la gendarmerie de Saint-Jean-de-Maurienne n'avait prêté que peu d'attention à leur absence. La compagnie de l'ancien maire Villard lui était bien plus agréable. Si le fils de ce dernier et son cousin avaient eu les qualités de ce monsieur, faire équipe avec eux aurait été un véritable bonheur. Depuis sa précédente enquête à Valloire, Doyles était resté en contact avec Villard et l'avait revu plusieurs fois dans la vallée. Les deux hommes s'entendaient bien et savaient qu'ils pouvaient compter l'un sur l'autre.

Cherchant toujours ses deux compagnons, Doyles saisit son téléphone et cliqua sur le numéro de Loïs Villard.

— Allo, Loïs ? Doyles à l'appareil, dit le capitaine quand quelqu'un prit son appel.

— Ah non, c'est Malo ! répondit la voix

qui décrocha.

Doyles fut légèrement surpris, mais n'y prêta guère attention. Peu lui importait qui était son interlocuteur tant qu'il pouvait joindre un des deux membres de la police municipale.

— Vous êtes où ? demanda le capitaine.

— À Valloire, s'exclama Malo. Vous voulez qu'on soit où ? À Saint-Tropèze, dit-il en tirant bien sur la dernière syllabe.

— Pourquoi à Saint-Tropez ?

— Bah, Capitaine, répondit Malo sûr de lui, à cause du gendarme. Vous êtes bien gendarme, non ?

Doyles ne fit pas le lien du premier coup. L'intelligence hors norme de Malo, le policier breton, le dépassait largement.

— J'vois pas le rapport, s'énerva Doyles qui détestait qu'on ne réponde pas à ses questions.

— Ah quand même, Capitaine ! Le gendarme de Saint-Tropez avec de Funès ! Vous ne l'avez pas vu ? demanda Malo en rigolant comme un bossu.

Quelqu'un ne le connaissant pas aurait certainement parié qu'il avait bu autre chose qu'un sirop de grenadine. Doyles l'écouta piaffer de rire et attendit qu'il redevienne sérieux. Il avait bien sûr compris la référence, mais la blague était assez mauvaise pour qu'il n'esquisse rien de plus qu'un sourire résigné. Après quelques secondes, le capitaine normand reprit la parole :

— Bon en tout cas, le gendarme pour le moment, il est à Valloire et il vous demande où vous êtes, dans Valloire ? précisa-t-il.

— On était aux Villards. Et vous, vous êtes où, qu'on vous rejoigne ?

— Où j'étais tout à l'heure, je vous attends !

— Okay, on arrive. On passe devant la Brasserie des bières du Galibier et dans cinq minutes même pas, on est là.

Doyles raccrocha sans même écouter la fin de l'explication. Il se tourna vers le père de Loïs et lui demanda :

— C'est quoi les Villards ? Un lieu-dit d'où viennent vos ancêtres ?

— Possible, répondit l'ancien édile, à l'origine le nom désignait une partie d'une ville et par extension ses occupants. C'est assez courant dans la région. Donc, il y a fort à parier que ma famille ait habité là bas.

— Et c'est où ?

— Au bout du bout, mon cher. Après il n'y a plus de route, juste un chemin caillouteux pour rejoindre Albanette, interdit aux voitures.

Doyles ne voyait toujours pas la localisation. Albanette, les Villards, pour lui, tout ça ressemblait plutôt à du chinois. Villard remarqua tout de suite que son explication n'avait pas satisfait le capitaine.

— C'est après le camping ; vous longez le cimetière et au lieu de tourner à gauche direction Poingt Ravier, vous prenez tout droit sur quelques mètres et c'est là. Y'a rien là-bas, une chapelle, trois, quatre maisons et des poules.

Doyles opina du chef, il commençait à se remettre les lieux en tête.

— Et pourquoi ils y sont allés vos gars ?

— Ça, Capitaine, il faudra voir avec eux ! répondit Villard, tout en faisant un signe à une voiture qui s'arrêtait. Tiens, reprit-il, vous n'avez qu'à leur demander, ils arrivent.

Villard salua Doyles et lui promit son aide s'il en ressentait le besoin. Doyles accepta avec joie.

— Eh, Capitaine, apostropha Loïs en sortant de sa voiture. On a un truc pour vous ! fit-il en secouant l'enveloppe que lui avait donnée Lucille Ruaz.

— Ah ? Très bien, remercia le capitaine en la mettant directement dans une poche sans même jeter un coup d'œil dessus.

Les deux hommes furent légèrement surpris par l'indifférence de leur supérieur, mais ils se dirent qu'il avait certainement ses raisons. Ils furent davantage étonnés de le voir enfiler sa veste en toile beige un 15 août après-midi. En aparté, ils ne purent s'empêcher de s'en faire la remarque :

— Il ne fait pas froid, là ? demanda Malo à son cousin en se penchant vers lui.

— J'ai pas l'impression, lui répondit-il, mais tu sais, il vient de Normandie, le capitaine, ils n'ont pas l'habitude du soleil là-bas. C'est comme chez toi, en Bretagne, il pleut tout le temps dans ce coin-là.

Malo acquiesça à la remarque de son cousin, même s'il ne partageait pas tout à fait sa vision de la Bretagne.

Doyles était déjà à les attendre près de leur voiture quand ils terminèrent leur petite discussion.

— C'est bon, maugréa-t-il, vous avez fini de jouer les concierges ?

Les deux cousins n'eurent pas le temps de répondre que leur supérieur reprit la parole.

— Les gars, j'ai besoin de votre aide…

Trop contents de l'intérêt qui leur était enfin porté, Malo et Loïs n'attendirent pas la fin de la phrase pour accepter :

— Tout ce que vous voudrez, Capitaine, on est ici pour vous servir ! s'exclama Loïs.

— Bien, alors en voiture, on a une enquête à mener !

— Et on va où ? demanda Loïs en s'approchant de la Jeep.

— J'ai vu une sorte de bergerie en redescendant au village avec l'hélicoptère. C'est là qu'on se rend ! dit Doyles en s'écartant pour ne pas se faire bousculer par un passant à la barbe hirsute qui ressemblait à un homme de Cro-Magnon et voulait rejoindre son véhicule garé près d'eux.

Chapitre 8

Route du Galibier, 13h15.

Les trois membres des forces de l'ordre prirent la direction du col du Galibier. Lors de son vol en hélicoptère, Doyles avait aperçu une bergerie, non loin du parking des Mottets. Avec un peu de chance, la personne qui s'occupait des moutons aurait peut-être des choses à lui dire.

— On en a pour combien de temps à aller là-bas ? demanda le capitaine, assis à la place du mort.

— Ça dépend si on respecte les limitations de vitesse, répondit Loïs.

— Parce que vous roulez à 90 km/h sur ces routes-là ? s'enquit Doyles qui s'accrochait au tableau de bord à chaque virage.

— Non, jusqu'à Bonnenuit, on reste prudents, y'a pas mal de vélos sur la route et des gens qui se promènent, on perdrait facilement une heure si on venait à en écraser un.

Doyles ne moufta pas. Après tout, le nombre de cyclistes était vraiment impressionnant sur les pentes de ce col mythique. Il y en avait pour tous les goûts : des gars et des femmes plutôt confirmés qui avançaient bon train, des globe-trotters avec tout un barda sur le dos et parfois une petite carriole derrière, quelques jeunes suivant leur père et des cyclistes du dimanche qui posaient le pied à terre avant d'arriver aux Verneys.

— Ils sont costauds quand même pour grimper ça ! admira Doyles à haute voix. Il y en a même à VTT. Chapeau ! s'exclama-t-il.

— Vous pédalez, Capitaine ? demanda Malo, assis sur le siège arrière.

— Oh non, j'ai vite fait arrêté le sport, répondit-il s'oubliant, une fois n'était pas coutume, à parler de lui. La dernière fois que j'ai fait du vélo, je suis tombé dans un fossé.

— Ah, c'est sûr que vu comme ça, c'est pas terrible, s'exclama Loïs, au volant. Vous devriez venir faire du VTT avec nous dans les montagnes. Ils ont aménagé un truc sympa sur les pistes du Crey du Quart. On monte en cabine et après, il n'y a plus qu'à se laisser descendre. C'est tout simple !

— Tout simple, tout simple, répondit Malo, faut pas exagérer non plus. Moi la dernière fois, j'ai pris un vrai gadin, je m'en suis souvenu un moment. Le frein avant de mon VTT s'est bloqué, je suis passé par-dessus le garde-boue et je me suis râpé tout le côté droit. J'étais en sang.

Loïs gloussa en se souvenant de l'épisode et fit un petit écart pour éviter un cycliste qui zigzaguait au milieu de la route.

— C'est gentil, mais je vais décliner la proposition, je préfère regarder du football à la télé, dit Doyles en se demandant si le gars qu'ils venaient de croiser allait réussir à gravir le col.

— Nous aussi, on est des gros fans de foot, s'enthousiasma Malo.

— Vous supportez qui par ici ? demanda Doyles, subitement intéressé par les deux cousins.

— Guingamp ! répondit Malo comme un seul homme.

— Guingamp ? C'est pas très local, sourit le Capitaine tout en continuant à regarder les montagnes défiler à sa droite.

— Nan, mais j'suis Breton moi, j'vais pas supporter une autre équipe que des Bretons, se vanta Malo.

— Donc tu supportes aussi Rennes, Brest et Nantes ! lui lança Loïs.

— T'es fou toi, hurla Malo en secouant le siège du conducteur, Nantes c'est pas breton ! Non, mais oh ! Les p'tits beurre, n'importe quoi ça n'a rien à voir, c'est les Pays de la Loire. J'vais te foutre des palets bretons dans la tronche tu vas te rendre compte de la différence.

— Juste pour ton information Malo, s'exclama Doyles, le château des ducs de Bretagne se trouve pourtant à Nantes. Alors Bretons ou pas ? sourit-il.

Malo fronça les sourcils et se mit à bouder. Connaissant parfaitement son cousin et son soutien infaillible pour tout ce qui avait trait à la Bretagne, Loïs rigola. Il regarda ensuite son passager et lui demanda :

— Et vous, Capitaine ?

— Personne ! mentit Doyles, se sentant soudainement mal à l'aise.

— Oh le mytho, tout le monde supporte un club de foot, répliqua Malo.

Le gradé de la gendarmerie de Saint-Jean-de-Maurienne ne répondit rien, feignant d'être absorbé par le paysage. La Jeep avait déjà traversé les Verneys et arrivait à Bonnenuit. Loïs jeta un coup d'œil en direction de l'aérodrome en se remémorant le festival de musique qui avait eu lieu ici pendant quelques années. Il regarda ensuite son passager, à nouveau silencieux, et lui lança :

— C'est l'OM, hein ? C'est ça ? Et vous n'avez pas envie pas le dire !

Malo ne remarqua pas l'air embarrassé de Doyles et se mit à déblatérer sur le club de la cité phocéenne.

— Tu m'étonnes qu'il ne veuille rien dire ! se marra-t-il. Personne n'est parfait, vous savez capitaine, mais l'OM, quand même, merde ! Vous m'auriez dit Paris encore, avec les millions et tout, j'aurais compris, mais l'OM, les sardines, franchement là, vous descendez dans mon estime.

Doyles devint tout à coup rouge vif, comme s'il avait été piqué par une guêpe. Lui, le farouche défenseur de sa Normandie natale, il le savait bien qu'il aurait dû supporter le Stade Malherbe de Caen ou Le Havre, mais il n'y pouvait rien, l'OM était ancré dans son cœur comme un bon verre de calva.

Loïs remarqua bien le changement d'humeur de son passager et compatit :

— Nan, mais Marseille, c'est bien aussi, j'ai un copain qui les supporte, vous voyez, on est super ouverts ici !

Le capitaine desserra un peu la mâchoire. Loïs était plus conciliant que son cousin qui s'écria :

— Ouais, quand à la fin c'est Marseille qui perd, ça nous va ! hurla Malo tout en pouffant de rire.

Doyles ferma les yeux, imaginant se jeter sur Malo, ouvrir la portière de la voiture en marche et le lancer par-dessus bord, histoire de ne plus avoir à écouter ses quolibets. À cet instant, Loïs mit son clignotant à gauche et sortit Doyles de cette douce rêverie.

— On est à Plan Lachat, l'informa Loïs, on quitte la route pour prendre un sentier.

Ça risque de bouger un peu, y'a des cailloux et pas mal de trous pour arriver jusqu'à la bergerie.

Loïs avait parfaitement raison, pour mener aux Mottets le chemin n'était pas de tout repos. Comme Doyles, Malo s'accrocha à ce qu'il pouvait pour rester le plus droit possible. Il déclara :

— C'est quand même bizarre ce qui lui est arrivé à Darevin, il laisse une lettre disant qu'il retourne en Russie pour récupérer son argent et le lendemain on le retrouve mort sous un tas de pierres.

Doyles pensa alors à la missive qu'il avait placée dans sa poche sans même demander ce qu'elle contenait.

— Qu'est-ce que tu dis ? l'interrogea-t-il en se retournant.

— Qu'on l'a retrouvé sous un tas de pierres ! répéta Malo en regardant Doyles avec de grands yeux.

— Non pas ça, avant ! Y'avait quoi dans la lettre que vous m'avez donnée ? s'écria le capitaine normand.

— Rien de spécial, rétorqua Loïs, c'est juste un petit mot pour dire que Darevin devait partir en Russie pour débloquer ses fonds.

Doyles prit alors le courrier et essaya de lire malgré les trous dans la route. La voiture sautait tellement qu'il ne réussit qu'à déchiffrer une ligne sur deux. Il comprit quand même le message.

— Vous n'auriez pas pu me le dire plutôt ? pesta Doyles. Et elle l'a reçue quand cette lettre ?

— J'en sais rien, répondit Malo, elle ne nous l'a pas dit. Y'a pas une date sur l'enveloppe ?

— Non, rien du tout, maugréa Doyles. Il n'y a pas de timbre, il a dû la glisser directement dans sa boîte aux lettres.

— Et sur le papier ? demanda Loïs en tenant fermement le volant.

— Non, mais tu crois que je ne l'aurais pas… Ah si ! Désolé, dit le capitaine sans même terminer sa première phrase. Elle a été écrite il y a deux jours. La veille du jour où il s'est fait tuer.

— Pas de bol, sourit Malo, c'est ballot quand même cette affaire.

— En tout cas, s'il y en a un qui a dû le voir passer, c'est bien ce type-là, dit Loïs en approchant de la bergerie et en pointant un petit bonhomme qui sortait d'un C15 datant au moins de la préhistoire.

À cet instant, un homme apparut à la porte de ce qui servait d'abri aux moutons. En apercevant le 4 x 4 de la police municipale qui se garait, il se figea quelques secondes. Tout en posant un pied sur le sol, Doyles le remarqua. Leurs regards se croisèrent et le type jeta le sac qu'il avait dans les bras pour s'enfuir en courant.

Chapitre 9

Les Mottets, 13h45.

Ni une, ni deux, le capitaine s'élança à sa poursuite. Après tout, si cet homme détalait comme un lapin en voyant la police arriver, c'est qu'il avait forcément quelque chose à se reprocher, pensa Doyles.

— Vous, vous ne bougez pas ! hurla-t-il au pauvre berger complètement dépassé par la situation. Gendarmerie nationale, vociféra-t-il ensuite à l'encontre du type. Arrêtez-vous tout de suite !

Plus jeune d'au moins dix ans, l'inconnu ne ralentit pas sa course et se trouva rapidement avec plusieurs mètres d'avance. Doyles ne s'en laissa pas compter et prit le fugitif en chasse. Il se dirigea vers l'enclos aux brebis, situé en contrebas, sauta par-dessus le fil électrique et le traversa sans rencontrer d'obstacle, les ovins étant absents dans la journée, partis paître tranquillement dans la montagne.

Plusieurs fois, le fuyard se retourna pour voir si Doyles le rattrapait. Il s'aperçut qu'il gagnait en distance et un sourire se dessina sur ses lèvres. Il regarda face à lui, rentra la tête dans les épaules et accéléra à nouveau. Pour un peu, on aurait dit un jeune sur une mobylette, prêt à utiliser toute l'aspiration possible pour gagner quelques malheureuses secondes.

Courir n'était pas le fort du capitaine. Alors, dans son costume en lin, avec son cigarillo au bec et ses chaussures à semelles plates, il ne pouvait pas espérer grand-chose. Plusieurs fois, il faillit se crocher les pieds dans les pierres qui forcément sortaient de terre pour lui rendre la vie un peu plus difficile, quand ce n'étaient pas les trous de marmottes qui lui aspiraient les chevilles. Après avoir manqué de goûter au plancher des moutons à plusieurs reprises, il stoppa sa course.

— Gendarmerie nationale, arrêtez-vous ! hurla-t-il une nouvelle fois.

Peine perdue, l'homme continua sa descente vers la route du Galibier sans se préoccuper des injonctions du capitaine. Haletant comme s'il venait de gagner le marathon de Paris, Doyles sortit son arme et tira un coup en l'air.

Surpris par la détonation, l'inconnu se retourna tout en continuant de courir, sans remarquer le 4 x 4 conduit par Malo qui allait lui couper la route.

Paf, il s'empala sur la bagnole et retomba de l'autre côté de l'habitacle.

Tout sourire, Malo pila et arrêta la voiture. Rapidement, il descendit et rattrapa le fugitif en glissant sur le capot comme dans les films américains. Depuis le temps qu'il rêvait de faire cela, le Bon Dieu l'avait enfin exaucé.

Le choc avait été aussi soudain que violent, la poussière volait autour du véhicule. L'inconnu gisait au sol en gémissant. Malo n'eut aucun mal à l'appréhender.

— Allez, fais pas ta chochotte, t'as rien de cassé !

Le fugitif, désormais arrêté, se passa la main sur le visage et poussa un cri voyant qu'il avait du rouge sur les doigts.

— Bah quoi, t'as jamais vu du sang ! reprit Malo en l'aidant à se relever. Tu ne vas quand même pas tomber dans les pommes pour quelques petites égratignures de rien du tout !

En le regardant de plus près, Malo se dit qu'il y avait peut-être un peu plus que des écorchures sur le visage. En embrassant le sol, le fuyard s'était cogné la tête contre un gros caillou et s'était ouvert l'arcade sourcilière droite.

Pfff, pensa Malo, va falloir faire un rapport pour expliquer qu'on ne lui a pas tapé dessus et que c'était accidentel. Forcément, personne ne va me croire et je vais encore me faire engueuler, c'est bien ma veine ça, il n'aurait pas pu tomber la tête dans une bouse de vache !

Quelques minutes après l'accrochage entre le marathonien des montagnes et le policier municipal ou plutôt la voiture de celui-ci, Doyles les avait rejoints. Voyant que Malo gérait bien la situation, le capitaine posa les mains sur ses genoux et tenta de reprendre son souffle.

— Faudrait que je me mette au sport quand même, ronchonna-t-il en toussant tellement qu'il eut l'impression que ses poumons allaient ressortir par sa bouche.

— Ça fait du bien un peu de sport, hein Capitaine ? demanda Malo en maintenant l'inconnu. Ça décrasse ! C'est pas comme de regarder l'OM à la télé, hein ?

En temps normal, la remarque aurait quelque peu irrité le Marseillais de cœur, sportivement parlant bien évidemment, mais là, un 15 août, sous le soleil de Savoie et après avoir couru comme un dératé, il préféra retrouver sa respiration plutôt que s'éparpiller en balivernes.

Après tout, qu'est-ce qu'il y connaissait vraiment au foot le Malo ? se dit Doyles intérieurement. Il n'était pas né à la grande époque de Skoblar et Magnusson, ni même à celle de Papin et Waddle ! Alors ! s'énerva-t-il tout seul.

Au bout de deux ou trois minutes, le capitaine réussit enfin à se redresser et se dirigea vers le 4 x 4. À chaque pas, il souffrait le martyre. Ses pieds et ses chaussures n'avaient que moyennement apprécié la course poursuite. Il s'approcha de l'homme qui s'était enfui et, constatant qu'il avait du sang sur le visage, il s'exclama :

— Tu vois mon gars, si tu t'étais arrêté, ça t'aurait épargné quelques points de suture au village. En plus, c'est férié aujourd'hui, si ça se trouve, les médecins ne bossent même pas. On va te raccommoder tout seuls. Tu sais faire, toi Malo ? demanda-t-il en faisant un signe de la tête à son partenaire.

— Non, mais j'apprends vite, répondit le jeune policier. J'ai déjà recousu un bouton sur ma chemise, ça doit être à peu près pareil. Bon par contre, je ne garantis pas le résultat. Il est retombé dans la journée !

Doyles sourit à la réplique de Malo. Finalement, il pouvait utiliser le second degré. Un point pour la Bretagne, se dit Doyles.

L'homme ne répondit rien et, comme une bête chassée sachant pertinemment que son heure avait sonné, il baissa la tête, sans remarquer que la course poursuite avait attiré les curieux. Plusieurs randonneurs s'étaient regroupés autour de la scène et, portables en mains, ils ne manquaient pas une miette du spectacle. Quand Doyles s'en aperçut, il leur hurla :

— Gendarmerie nationale, circulez, il n'y a rien à voir !

Forcément, personne ne bougea. Au contraire, plusieurs curieux s'approchèrent davantage.

— Allez Malo, fais-moi monter ça dans la voiture, ça nous évitera les regards de ces messieurs, dames.

Le policier municipal exécuta l'ordre sans broncher et se remit au volant pour retourner à la bergerie. De son côté, au beau milieu des crottes de biques et de moutons, Loïs discutait le bout de gras avec le berger, qui était resté bien sagement à sa place, quand ses acolytes arrivèrent.

Afin de ne pas être sur tous les réseaux sociaux dans la soirée, le capitaine entraîna son captif dans l'habitation en faisant signe à Malo de prendre la relève de son cousin. Une fois assis autour d'une minuscule table en bois sur laquelle trônaient deux tasses à café vides, Doyles se mit à questionner l'homme.

— Bon, on va repartir du bon pied, lui dit-il en lui passant un mouchoir imbibé d'eau, histoire que le bonhomme se nettoie un peu en attendant d'être soigné. Dis-moi pourquoi tu t'es sauvé ? T'as quelque chose à te reprocher ?

Une fois de plus, l'homme dont le capitaine ne connaissait pas le nom refusa de parler et rentra la tête encore plus profondément dans les épaules, ce qui eut le don d'agacer Doyles.

— Mais t'as perdu ta langue ou quoi ?

Toujours pas de réponse.

— Tu veux la jouer comme ça alors ? demanda Doyles, rouge comme une pivoine. Bon, alors : nom, adresse, numéro de téléphone, groupe sanguin, plat préféré de ta belle-mère, s'écria le capitaine.

L'homme leva enfin les yeux vers son interlocuteur – *la bouffe favorite de la belle-doche, ça marche toujours pour les sortir de leur torpeur, se félicita le Normand* – il regarda ensuite vers la porte qui donnait sur l'extérieur et en pleurnichant, il prononça quelque chose que Doyles ne comprit pas.

— Répétez, j'ai pas bien compris !

— Moi pas savoir ! dit l'homme.

— Toi pas savoir quoi ? demanda Doyles en fronçant les sourcils.

— Moi pas bien parler français, moi pas savoir nom de nourriture préférée de belle-maman !

Doyles ferma les yeux, il avait affaire à un comique.

— Et sinon, toi savoir comment toi t'appeler ?

Il n'avait aucune raison de le faire, mais Doyles communiquait comme son interlocuteur. À cet instant, le berger entra dans la pièce malgré les protestations de Malo.

— Il s'appelle Viorel, Capitaine ! dit-il. Il est roumain, c'est moi qui l'ai engagé pour l'été.

— Et il ne pouvait pas me le dire tout seul, votre commis ? s'agaça Doyles. Et pourquoi il s'est enfui comme un voleur ? Il a quelque chose à se reprocher ?

Viorel regarda le berger en l'implorant des yeux. Ce dernier lui fit un signe et reprit :

— Il n'a pas de papiers. Il a dû croire que vous veniez le chercher. C'est ça, Viorel ?

Le roumain hocha la tête en signe d'approbation.

— Moi, pas papiers, moi peur, moi courir !

En aparté, Malo s'était rapproché de son cousin et, en entendant le détenu parler, il demanda à Loïs :

— Il a pas de papiers de quoi ? Du papier à rouler ? Pour faire des clopes comme mon grand-père ?

Loïs fit la moue et répondit :

— J'en sais rien moi, j'crois qu'il parle de ses papiers d'identité, mais j'suis pas sûr non plus. T'as qu'à demander au chef, si ça se trouve il sait, lui ?

— Ouais et c'est encore moi qui vais me faire engueuler parce que j'ai rien compris ! pesta Malo.

Le capitaine entendit les deux compères parler dans son dos et se retourna vers eux. Loïs donna alors un coup de coude à son cousin pour qu'il pose sa question.

— Aïeeee ! pleurnicha Malo.

— Bon qu'est-ce qu'il y a tous les deux ? Y'a un truc que vous n'avez pas compris ?

— Non, c'est pas ça, dit Malo, mais juste pour être sûr qu'on parle de la même chose. Quand il dit qu'il n'a pas de papiers, on parle de quels papiers en fait ?

Éberlué par une telle question, Doyles laissa son visage trahir sa surprise. Il ne commenta pas, mais opina du chef pour leur signifier qu'ils avaient trouvé la réponse. Derrière lui, il les entendit se congratuler comme des bienheureux.

— Bon, reprenons, dit Doyles en invitant le berger à s'asseoir à côté du dénommé Viorel. Vos histoires de papiers, je m'en tamponne comme de l'an quarante, franchement. En temps normal, je vous aurais raccompagné directement à la frontière et vous, monsieur… ? dit-il, en s'adressant au berger.

Comprenant que Doyles souhaitait connaître son identité, le conducteur du vieux C15 beige se présenta :

— Monsieur Aurélien Garcia.

— Monsieur Garcia…

— Appelez moi Aurélien, l'interrompit-il. Enfin Aurél plutôt, tout le monde utilise mon surnom.

— Bien, comme vous voulez. Bon, Aurél, c'est contraire à mes principes, mais si vous coopérez, je veux bien fermer les yeux sur vous et votre ami Viorel, vous comprenez ?

— Parfaitement Capitaine, s'exclama le berger.

Doyles prit note et se retourna vers Malo et Loïs.

— Vous aussi ?

— Oui, Chef ! répondirent-ils en chœur.

— Bon, Viorel, d'accord pour les papiers, mais vous n'avez pas autre chose à vous reprocher ?

— Non, vociféra l'employé roumain, moi rien fait !

— Ça tombe bien, pour le moment, je ne vous ai accusé de rien, sourit Doyles.

— Si ce n'est pas pour Viorel, pourquoi vous êtes venus ? demanda Aurél le berger en regardant les trois membres des forces de l'ordre. C'est à cause du corps qui a été retrouvé ce matin ? C'est ça ?

— Ah, bah voilà, quand même, dit Doyles, avec tout le tapage des hélicos et le ballet des flics, je suis même à me demander comment ça se fait que votre ami Viorel n'ait pas pris la poudre d'escampette ce midi.

— Parce qu'il était dans la montagne depuis hier soir. Il était parti à la recherche d'un agneau égaré et il a passé la nuit à la belle étoile. Je lui ai expliqué la situation quand il est revenu, c'est pour ça qu'il a pris peur à votre arrivée.

Doyles fixa Viorel intensément, ce qui tétanisa une nouvelle fois l'employé du berger.

— Pas moi avoir tué le mort ! dit-il. Pas moi !

— Donc il n'y avait pas que cette histoire de papiers, rétorqua Doyles. Qu'est-ce que vous avez vu qui vous a fait fuir ?

Viorel regarda Aurélien et ne répondit rien.

— Vous avez vu le meurtrier ? continua Doyles.

Toujours rien.

— Il vous a repéré, c'est ça ? Il vous a menacé ? interrogea le Normand.

Viorel hocha la tête pour acquiescer.

— Il vous a menacé de quoi ? De vous faire la peau, vous aussi ? reprit le capitaine. De vous dénoncer à la police si vous baviez sur lui ?

— Lui dire *moi* tueur, si moi dire *lui* tueur ! s'exclama le roumain en ouvrant la bouche pour une fois.

— Okay, on avance ! continua Doyles. Et vous le connaissez ?

— Oui ! affirma Viorel.

— Son nom ? s'énerva le capitaine, prêt à bondir sur la réponse telle une truite sur un ver accroché à l'hameçon. Allez-y, bon sang ! Son nom ?

Viorel prit quelques secondes avant de parler. Il avala sa salive, regarda Aurél et répliqua :

— C'est…

Bang Bang

Deux dénotations résonnèrent, l'unique vitre de la bergerie éclata et le roumain s'écrasa sur la table la tête en sang.

Mort !

Chapitre 10

Bergerie des Mottets, 14h30.

Doyles se jeta à terre et abrita le berger derrière un mur tout en s'assurant que ses collègues n'avaient rien.

Puis ce fut le calme, plus un seul bruit. Même les mouches virevoltant dans la cabane avaient stoppé leur petite danse habituelle. Les quatre hommes se fixèrent et Doyles s'aventura à jeter un coup d'œil à l'extérieur.

Rien ni personne n'était visible. En dégainant son arme, il regarda une nouvelle fois, mais la tempête était finie et tous les animaux autour reprenaient leur petite vie comme si rien ne s'était produit. Les mouches « bzzeubzzeutaient », les marmottes sifflaient à nouveau et les cloches des biquettes présentes parmi le troupeau dans la montagne tintinnabulaient.

Doyles s'adossa au mur et en passant les mains sur son visage, il fulmina :

— Mais c'est quoi ce bordel ? On se croirait à New York au temps d'Al Capone et compagnie. Depuis quand on se fait tirer dessus à distance. C'est pas *fair-play* comme méthode ! Merde alors !

Loïs regarda Viorel. Sa tête reposait dans une mare de sang qui doucement, mais sûrement, s'écoulait par terre. Il plissa le nez de dégoût et détourna les yeux du cadavre. De son côté, Malo était tétanisé par ce qui venait de se dérouler devant eux.

— C'est, c'est, c'est… bredouilla-t-il. C'est pas possible ? Il était en train de nous dire le nom du type qui a tué Darevin et puis il est mort. *Bam*, comme ça !

— À cause d'une balle dans la tête quand même ! rectifia Doyles. À moins qu'il ait fait une crise cardiaque juste avant, mais ça m'étonnerait.

Vérifiant une nouvelle fois que la situation était revenue à la normale, Doyles se leva et s'approcha du cadavre de Viorel.

— On est bien avancés avec ça. Va falloir rappeler la section de Briançon, ils vont être contents de revenir ! s'exclama-t-il.

— Et le tireur, Capitaine ? interrogea Loïs. On part à sa recherche ?

— Chaque chose en son temps, mon garçon, lui répondit-il. De toute façon, il est déjà sûrement loin. À votre avis, on vise à combien de mètres avec un fusil à lunettes ?

— Le record c'est deux kilomètres huit cents, à peu près ! expliqua Malo sans réfléchir.

— Comment tu sais ça ? demanda son cousin.

— Parce que ça m'intéresse, c'est tout !

— Et à la chasse ? continua Doyles.

— Facile deux cents ou trois cents mètres, dit Malo.

— Donc le type qui a fait ça a maintenant au moins un kilomètre d'avance sur nous, et dans la montagne en plus. Ce qui veut dire qu'il peut être à peu près n'importe où, vu la provenance du coup de feu, insista Doyles.

— Il a tiré depuis là-bas, dit Loïs en pointant en direction des sommets du côté du camp des Rochilles. C'est dommage que les chasseurs alpins ne soient pas ici en ce moment, ils auraient pu nous filer un coup de main pour l'attraper.

Doyles ne répondit pas, il était déjà en ligne avec son collègue de Briançon pour qu'il rapplique avec une équipe.

— Ils arrivent dans vingt minutes, s'exclama le capitaine en regardant le berger, toujours en état de choc.

Ce dernier ne parvenait pas à quitter son employé des yeux. Chaque goutte de sang qui coulait résonnait dans sa tête tel un marteau piqueur au ralenti.

Plic, ploc, plic, ploc.

Tout autour de lui n'était que brouillard.

Depuis les détonations, ses oreilles bourdonnaient comme si un essaim d'abeilles lui butinait l'intérieur du crâne. Parfois, il réussissait à discerner des sons provenant des trois autres hommes, mais rien d'audible.

À un moment, il se leva, comme possédé, et se rua vers son employé. Il le prit par les épaules et le secoua :

— Viorel, Viorel ! Réponds-moi !

— Ça ne sert à rien, le réconforta Doyles en le saisissant ! Il est mort ! Mort !

Aurélien Garcia tomba dans les bras du capitaine de la gendarmerie et éclata en sanglots. Normalement, le berger n'était pas quelqu'un à laisser filtrer ses sentiments. Les trois quarts de l'année, il vivait seul avec ses brebis et ses chèvres, passant son temps à les emmener dans les montagnes, à marcher plusieurs heures avec elles, à les laisser gambader pour finalement les regrouper à l'aide de ses chiens et ces sifflements si particuliers. L'hiver, les bêtes rentraient à la bergerie, mais ses occupations étaient encore nombreuses. Il fallait leur donner à manger, nettoyer les lieux et les sortir dans les champs, sans oublier les naissances qui se déroulaient de Noël à la fin du mois de mars. Une vie dure et laborieuse, mais au combien gratifiante pour ce passionné des animaux. Le seul revers était cette solitude infernale qui lui pesait depuis des années.

Pour y remédier, Aurélien Garcia avait décidé d'engager un employé – sans papiers et donc non déclaré, mais après tout, avec ce que les impôts lui prenaient déjà, il n'avait pas de raison de leur faire de cadeaux non plus – un peu pour l'aider, mais surtout pour discuter. Avec ce qui venait d'arriver, Aurél se dit qu'il aurait mieux fait de le déclarer ou alors de se faire buter. Ça ou la prison, c'était du pareil au même pour lui.

— Qu'est-ce que je vais faire ? hurla le berger. J'vais finir en taule. Bigre, pourquoi je ne me suis pas pris une balle, moi aussi ?

Malo et Loïs essayèrent de le consoler, mais rien n'y faisait. Il attrapa une bouteille de goutte et en but une gorgée cul sec avant de retomber les fesses sur une chaise en bois.

— Vous savez que vous avez été à deux doigts d'être exaucé monsieur Garcia ! dit Doyles en scrutant l'une des casseroles accrochées au mur.

Les trois hommes se retournèrent pour voir de quoi parlait le capitaine.

— Regardez, reprit Doyles, il y a une balle logée dans l'étain ! À mon avis, elle était pour vous celle-là.

Il se déplaça jusqu'à la fenêtre brisée par les coups de feu et essaya de déterminer les trajectoires des tirs.

— Je me demandais bien pourquoi j'avais

entendu deux détonations, continua le gendarme. Au départ, j'ai pensé à une volonté de ne pas rater la cible. Mais ça ne vaut pas pour quelqu'un qui utilise un fusil à lunettes. Il a parfaitement eu le temps de viser Viorel. Il était assis sur la table, complètement immobile. À part s'il avait été bourré ou atteint de Parkinson, le tireur n'avait aucune raison de le manquer. Alors pourquoi le deuxième coup ?

Malo leva la main comme à l'école pour répondre :

— Moi je sais, s'exclama-t-il, parce qu'il voulait viser quelqu'un d'autre.

— Bravo Malo, bonne déduction. Heureusement pour vous, je vous ai tiré directement vers le sol Aurél, sinon vous seriez allé passer un petit bonjour à saint Pierre avec votre copain.

Aurélien Garcia leva les yeux au ciel et ne broncha pas.

— Si seulement, finit-il par s'écrier.

— Faut pas dire ça, Aurél ! déclara Loïs. En plus, si ça se trouve saint Pierre il n'existe même pas !

Aurél lâcha un sourire et répondit :

— Si ça se trouve ! Mais qu'est-ce qui va se passer pour moi ? Je vais aller en prison ?

— Pourquoi ça ? demanda Doyles. Vous n'avez rien fait ?

— Bah quand même, j'avais un employé

sans papiers, ça va me retomber dessus.

— Ah ça ? On verra bien ! Le plus important c'est de trouver qui a assassiné Darevin, de savoir si c'est la même personne qui a flingué Viorel et surtout pourquoi elle a voulu vous tuer.

Doyles se pencha vers Garcia et, les poings posés sur la table, il demanda :

— Qu'est-ce que vous savez aussi et que vous ne nous avez pas encore dit ?

Chapitre 11

Bergerie des Mottets, juste avant 15h.

Alors qu'Aurélien Garcia allait répondre à la question du capitaine Doyles, un bruit d'hélicoptère se fit entendre dans le ciel. Prudent, Doyles ordonna à ses équipiers de rester à l'intérieur, le temps que la brigade de Briançon sécurise les lieux en vérifiant qu'aucun tireur ne se trouvait encore dans les parages.

Après quelques minutes qui semblèrent des heures pour les quatre hommes, l'hélico se posa à proximité de la bergerie. Le collègue de Doyles entra presque aussitôt.

— Capitaine ! dit le gendarme. Je ne pensais pas vous retrouver aujourd'hui.

— Lieutenant Pegasus, merci d'être venu si vite ! répondit Doyles.

— Comme vous l'avez demandé, on est passés au-dessus des montagnes, pas un tireur en vue. Ça ne veut pas dire qu'il ait disparu, j'ai envoyé mes hommes à sa recherche, j'espère qu'ils vont le trouver rapidement. Sinon, vous avez quoi ? se renseigna le lieutenant.

Doyles s'écarta et souleva le drap qu'il avait posé sur Viorel pour empêcher les mouches de commencer leur petit festin.

— On a ça, expliqua le gendarme de Saint-Jean-de-Maurienne, il a été abattu au moment où il allait nous révéler l'identité du tueur de Darevin.

— Mauvais *timing,* vociféra Pegasus. Bon, je crois qu'on va vous filer un coup de main Doyles, peu importe les ordres de votre préfet. À Briançon, on ne dépend pas du même, alors au diable les conventions.

Doyles était d'accord avec le lieutenant. Avec un tireur dans la nature et les seuls Malo et Loïs comme aides de camp, il n'allait pas s'en sortir en quarante-huit heures.

— Bon, reprit Doyles en s'adressant à Garcia, qu'est-ce que vous alliez nous dire ?

— Je ne sais pas qui a tiré, Viorel n'a pas voulu me le dire. Il est revenu des alpages ce matin, après le départ de vos collègues. Il a dû attendre qu'ils s'en aillent pour rentrer. Il n'avait pas l'air comme d'habitude. Tout d'abord, il n'a pas parlé, mais comme je le voyais un peu bizarre, j'ai insisté.

— Et il vous a dit quoi ? interrogea Doyles.

— Comme je l'ai déjà dit, hier soir, il a ramené le troupeau à la bergerie avec les chiens, mais il avait perdu un agneau et comme il faisait clair et que c'était la pleine lune, il a voulu aller le chercher dans la montagne, quitte à y passer la nuit.

— D'accord, mais sinon, insista Pegasus.

Garcia ne leva pas la tête vers le lieutenant. Il reprit son verre et se servit à nouveau du génépi qu'il but d'un trait.

— Je l'ai remercié, c'est pas tout le monde qui aurait fait ça.

— Vous l'auriez fait, vous ? interrogea Doyles.

— Bien sûr, si j'avais été tout seul, je serais reparti dans la montagne après avoir soigné les bêtes, mais je devais aller en ville voir quelqu'un.

— Ah ouais, c'est vrai, dit Loïs, je t'ai aperçu. Enfin, je crois, j'avais un peu picolé !

— Si, si, assura Garcia, on s'est croisés. Tu sortais de l'hôtel de Darevin, t'avais l'air assez tendu !

Doyles, Malo et Pegasus se tournèrent vers Loïs tous en même temps, surpris par ce qu'ils entendaient.

— Et toi tu ne nous dis rien, le sermonna Doyles.

— J'ai pas eu le temps et puis il n'y a pas de rapport, ça arrive de s'engueuler avec quelqu'un, c'est pas pour ça que je suis allé lui mettre une balle dans la tête en pleine montagne. Si je suis allé le voir à son hôtel c'était pour lui dire tout le mal que je pensais de son projet. Mais c'est pas moi qui l'ai tué. De toute façon, j'ai pas d'arme et j'étais pas en état de randonner. Je devais avoir deux bons litres de bière dans le pif, quelques Ricard et il m'a fait boire de la vodka aussi. J'ai même pas pu rentrer chez moi, je me suis endormi dans ma bagnole tellement j'étais rond comme un manche.

— C'est pour ça que tu ne répondais pas ce matin alors, quand je suis allé frapper à ta porte. T'étais pas chez toi ! s'écria Malo.

Loïs, peu fier de ses exploits gastro-liquides, sourit à son cousin.

— Et quelqu'un peut le confirmer ? demanda Pegasus.

— La voiture était dans le parking souterrain de la place de l'Église, j'ai un abonnement. Vous pouvez vérifier, il y a des caméras et je n'ai pas bougé de la nuit.

— On va le faire, dit Pegasus. En attendant, vous sortez d'ici et vous n'avez plus aucun lien avec l'enquête en cours.

En entendant cela, Doyles se plaça devant son collègue et déclara :

— Jusqu'à preuve du contraire, Lieutenant, c'est moi qui mène la danse, alors si vous désirez être sûr de ce que dit Loïs, vous n'avez qu'à descendre en ville vérifier les images de vidéosurveillance, mais en attendant, il reste là avec nous.

Pegasus secoua la tête et plissa les lèvres.

— Comme vous voulez, Capitaine, c'est

vous le chef après tout !

— C'est ça, c'est moi le chef ! reprit Doyles. Bon alors, dit-il en se retournant vers le berger. Et quoi d'autre ?

— Pour Loïs et Darevin, je ne peux rien vous dire de plus, j'ai bu un verre avec la personne que je devais rencontrer et je suis reparti.

— Et cette personne, c'était qui ? questionna Pegasus.

— La mère Ruaz, elle voulait me voir concernant une somme d'argent qu'elle m'avait prêtée. Elle vous le confirmera si vous le lui demandez.

— Malo, tu vérifieras, d'accord ? Et pour votre copain roumain ? reprit Doyles qui commençait à s'énerver.

— Quand j'ai insisté, il m'a dit qu'il n'avait pas retrouvé notre bête, mais qu'il avait entendu un coup de feu en début de soirée. Il a regardé autour de lui. Et puis rien, nada, plus un bruit ! Le calme absolu, une nouvelle fois. Il s'est donc remis en chasse de l'agneau et là, il est tombé sur un type qui redescendait du col de la Ponsonnière avec une bête sur le dos !

Doyles écoutait les dires du montagnard tout en prenant des notes. Pendant ce temps, Pegasus était sorti à la rencontre de ses collègues et du deuxième hélicoptère qui venait de se poser. Le berger continua son récit :

— Tout de suite, il a cru que c'était notre animal. Il s'est approché du mec, il était très en colère Viorel, on ne flingue pas un agneau comme un vulgaire lapin non plus. Il était dans un drôle d'état pendant qu'il me racontait son histoire, continua le berger lui aussi très remonté.

— Et donc ? demanda Malo.

— Et je ne vous dis pas sa surprise quand il s'est retrouvé face à face avec le gaillard. C'était pas un agneau qu'il avait sur le dos, mais un chamois.

Instantanément, Malo et Loïs firent le rapprochement avec le braconnier qui parcourait leur montagne depuis un petit moment. Viorel était tombé sur ce gars là.

— Un chamois, t'es certain ? demanda Loïs. C'était pas une chèvre ? Ça se ressemble parfois !

— C'est ce qu'il m'a dit, confirma Garcia.

— Malo, c'est notre braconnier le tueur, c'est sûr ! s'écria Loïs en secouant la manche de son cousin.

— Vous le connaissez ? les interrogea Doyles.

— Non, on n'a aucune idée de qui il s'agit, mais depuis un moment il y a des coups de feu dans la montagne, même ce matin encore. On en a entendu vers six heures quand on mettait les chars en place.

— Ça ne colle pas votre histoire, assura Doyles, c'est pas possible qu'un type tue un chamois dans la nuit, redescende le porter je ne sais où et reparte à la chasse après.

— Et qu'il nous tire dessus dans l'après-midi. Il est surhumain votre loustic là, balança Pegasus.

— Ou alors, il n'est pas tout seul, suggéra Malo à haute voix.

— Une équipe ? Non, ça ne colle pas, assura Pegasus.

— Et pourquoi pas ? reprit Malo. Quand on va à la chasse, c'est souvent à plusieurs. Ils pouvaient très bien être deux pour braconner la nuit.

— Mouais, mais je n'y crois pas, c'est trop dangereux, remarqua Doyles. Il l'a vu à quelle heure votre bonhomme ? demanda-t-il ensuite.

— Vers onze heures du soir. Il était sûr de lui parce qu'il a regardé l'heure sur son portable juste après.

— Une partie de chasse interdite avec la pleine lune, pourquoi pas ! fulmina le capitaine. Et il a eu amplement le temps de revenir ce matin. Avec l'écho qu'il y a en montagne, il n'était pas forcément dans le coin à six heures. Sinon, reprit Doyles en se retournant vers Garcia, Viorel a vu son visage ? Tout à l'heure, il était prêt à nous dire son nom, il savait donc qui était ce braconnier ?

— Il a refusé de me le dire. Il avait certainement trop peur que le type lui fasse la peau. Lors de leur face à face, le gars lui a collé un couteau sous la gorge et a menacé de revenir le tuer si jamais il disait quelque chose. Enfin, c'est ce qu'il m'a expliqué, je n'y étais pas.

Les forces de l'ordre écoutèrent le récit du berger sans l'interrompre de nouveau. Cependant, dans l'esprit du capitaine, quelque chose clochait.

— Ce que je ne comprends pas, répliqua Doyles, c'est comment il a fait pour savoir qu'on montait ici ?

— Il a dû être au courant de votre venue cet après-midi, lui répondit Aurélien Garcia, et il vous a suivis. Quand Viorel s'est mis à vous parler, il n'a pas hésité et il l'a tué.

— Ouais, ça on a vu, s'énerva Doyles en tapant sur la table. Et pourquoi vous tirer dessus ?

— Il a dû croire que Viorel m'avait tout dit, j'en sais rien moi ! s'exclama le berger. C'est vous les enquêteurs !

Doyles n'écouta pas la fin de la phrase et sortit de la bergerie. Il en avait assez entendu et il n'avait toujours aucune idée de l'identité du tueur de Darevin.

À cet instant, le visage dur, le lieutenant Pegasus s'approcha de Doyles.

— Capitaine, aucune trace du tireur !

— Comment ça ? s'emporta le gendarme. On ne peut pas se volatiliser comme ça ! C'est pas comme si l'on était en ville et qu'il pouvait se fondre dans la masse !

Pegasus était bien d'accord avec Doyles, mais cela ne changeait rien au problème.

— Personne n'a semblé inquiété par le passage de l'hélico. La plupart des gens ont regardé pour essayer de comprendre pourquoi on tournait autour d'eux, mais c'est tout !

Doyles se tourna vers Malo et Loïs, les deux régionaux de l'étape.

— Et vous, là, vous en pensez quoi ?

Pour une fois que Doyles faisait appel à leurs services, les deux cousins ne devaient pas se louper. Ils se consultèrent et Loïs répondit :

— Ce que je pense, mon Capitaine, c'est que celui qui vient de tirer a dû nous suivre depuis qu'on a quitté Valloire, comme l'a dit Aurél, il….

— … Il devait être au bar quand vous avez dit qu'on partait à la bergerie, continua Malo en interrompant son cousin. Il a dû se garer en contrebas et nous suivre à la jumelle avant de prendre un peu de hauteur et de se positionner pour tirer.

— J'ai rien dit au bar, riposta Doyles. Je vous ai expliqué qu'on montait ici juste devant la voiture quand …

Tout à coup, le capitaine s'arrêta de parler. Un visage lui traversa l'esprit :

— Le type qui m'a bousculé, c'est à ce moment-là que j'ai dit qu'on venait ici. Si ça se trouve, c'est lui qui nous a suivis. Vous avez vu quelque chose de spécial pendant qu'on montait le col ? demanda le capitaine à Malo et Loïs.

— Non, rien, s'exclama Loïs, mais il faudrait questionner mon père, il était encore dans le coin quand on est partis ! Il se souvient peut-être de quelque chose.

— Bonne idée ça, appelle-le ! ordonna l'officier de gendarmerie.

Pendant que ce dernier s'écartait pour aller téléphoner, Doyles regarda Pegasus et Malo :

— Les coups de feu ont été tirés il y a une demi-heure maintenant. Vu l'angle, il devait se trouver à peu près là, dit il en pointant du doigt la montagne. En imaginant qu'il se soit garé au parking en bas, ou même sur le bord de la route, ça lui a pris au maximum dix minutes pour retrouver son véhicule. Ce qui veut dire qu'il a au moins vingt minutes d'avance sur nous.

Pegasus et Malo regardèrent Doyles sans piper mot et attendirent qu'il finisse.

— Malo, combien de temps pour rejoindre le haut du col du Galibier ? demanda-t-il.

— Depuis Valloire, il y a dix-huit kilomètres, depuis Plan Lachat, neuf kilomètres…

Malo ne put terminer sa phrase, il fut interrompu par son supérieur de Savoie :

— Super et donc, le temps, Malo, le temps ?

— Ça dépend de la vitesse…

— … Malo ! hurla Doyles en le coupant encore.

— Dix à quinze minutes ! répondit Loïs qui venait de conclure la conversation. Ça dépend de la vitesse à laquelle vous roulez !

— Merde ! s'emporta Doyles en regardant le haut du col. Ça veut dire qu'il peut déjà être de l'autre côté et nous a échappé !

— Attendez mon Capitaine, dit le lieutenant Pegasus, la route ne s'arrête pas en haut du col, après il y a encore plusieurs kilomètres avant qu'elle ne se divise en deux. Je vais envoyer une brigade au col du Lautaret pour contrôler toutes les voitures en provenance du Galibier.

— Bien, acquiesça Doyles, et de l'autre côté, combien de temps ?

— Pour le Télégraphe, vingt à trente minutes, facile ! dit Malo.

Doyles jeta un coup d'œil à Pegasus qui était en train de donner des ordres à ses hommes, mais qui ne manquait pas une miette de la conversation du trio.

— C'est plutôt à vos collègues de la vallée de faire ça, mon Capitaine, dit-il, mais en les attendant, j'envoie le deuxième hélico en haut du Télégraphe.

— Bien ! répondit Doyles en demandant à Malo d'appeler pour lui son commandant à Saint-Jean-de-Maurienne.

Les deux engins décollèrent aussitôt, prenant des directions opposées. En bloquant les sorties de Valloire, Doyles était persuadé que le tireur ne pourrait pas leur échapper. Il se tourna vers Loïs pour savoir ce que son père lui avait dit :

— Alors ?

— On est le 15 août, Capitaine, il y avait beaucoup de monde dans le village !

Doyles ferma les yeux, ce n'était pas la peine qu'il en rajoute une couche. Il avait parfaitement compris. Certes, les rues s'étaient vidées depuis la fin du défilé, mais les terrasses des bars s'étaient remplies. Entre les grenadines, les demis et les Ricard, il avait dû y avoir tout autant, sinon plus, de verres consommés que de personnes assises autour d'eux : le père Villard n'avait pas remarqué que quelqu'un les espionnait.

— Il n'a rien vu alors ? l'interrompit Doyles en rouvrant les yeux. En plus, il est parti avant nous ! Je ne sais pas pourquoi je t'ai demandé de l'appeler. Mais c'est gentil.

Merci !

Doyles s'écarta de quelques mètres. Il regarda les deux hélicoptères disparaître puis fixa ses chaussures. À ses pieds se trouvait un trèfle à quatre feuilles. Si le tueur de Darevin était le même que celui de Viorel, il lui faudrait autre chose que cela. De plus, il n'était pas du tout superstitieux. Cependant, il le ramassa et quand il se releva, Loïs se trouvait juste devant lui.

— Capitaine, vous ne m'avez pas laissé finir. Mon père, vous savez, il connaît tout le monde au village.

— Ouais, et alors ? demanda Doyles sans conviction.

— Eh bien, il n'est pas reparti tout de suite comme vous le pensez. Quand il est arrivé à sa voiture, un copain l'a vu et ils ont discuté un moment.

— Okay, super ! fit son interlocuteur sans réellement l'écouter.

— Et c'est là qu'il a aperçu un truc. Sur le coup, ça ne lui a pas fait *tilt*. Quand je lui ai demandé s'il avait remarqué que quelqu'un nous suivait, il m'a d'abord répondu non, mais après il y a eu un blanc de quelques secondes, comme s'il réfléchissait. Et je peux vous dire que quand il fait ça, il a une bonne raison.

Tout à coup, le visage de Doyles étincela.

— Donc il a vu quelqu'un ? demanda-t-il

en secouant Loïs par les épaules. Hein ? C'est ça ?

Loïs esquissa un sourire. Il regarda le capitaine droit dans les yeux et déclara :

— Oui, un barbu, habillé en treillis. Un vrai homme de Cro-Magnon.

— L'homme des cavernes ! C'est ça ! se remémora le Normand à haute voix.

C'était cet individu qui avait manqué de le bousculer. Ce n'était certainement pas par hasard qu'il avait fait cela.

— Hein ? demanda Loïs.

La réaction du jeune Villard sortit Doyles de sa rêverie.

— Non, rien, vas-y, s'exclama-t-il, continue !

— Mon père ne connaît pas son nom, reprit Loïs, mais ça fait un moment que le gaillard est dans le coin, il conduit un gros 4 x 4 blanc, un Land Rover Defender et il habite là, fit-il en désignant un point sur la carte de son téléphone portable.

Doyles cligna des yeux deux fois. S'il avait bien gardé en mémoire l'homme qui les avait suivis, il n'avait pas du tout imprimé le modèle de la voiture garée à côté d'eux. Remarquant que Doyles ne savait pas de quoi il parlait, Loïs ne put s'empêcher de lui donner plus de détails.

— Un 4 x 4, genre safari, vous voyez ? dit-il au gendarme qui hocha la tête en visualisant l'aspect du véhicule. Et j'ai encore mieux, mon Capitaine, s'exclama le jeune policier. Je sais où il habite !

Chapitre 12

Départ des Mottets, 15h45.

Postés en haut des cols du Lautaret et du Télégraphe, deux pelotons de gendarmerie surveillaient les voitures arrivant de Valloire. Certes, ils avaient eu une indication sur celle du probable tireur, mais comme ce n'était encore qu'une hypothèse, tous les véhicules étaient arrêtés et inspectés. Si jamais le fugitif avait décidé de s'enfuir par la route, il ne pourrait pas aller bien loin.

Doyles quitta les lieux avec Loïs et Malo, laissant le lieutenant Pegasus et quelques-uns de ses collègues s'occuper du corps de Viorel et prendre la déposition d'Aurélien Garcia, le berger.

— Bon, s'exclama le capitaine alors que le 4 x 4 démarrait, vous êtes sûrs de connaître le chemin pour vous rendre au domicile du gars qu'on recherche ?

— À cent pour cent, répondit Loïs, on connaît toute la montagne Capitaine, vous n'avez pas de soucis à vous faire !

— Tant mieux, tant mieux ! répéta Doyles

en s'agrippant au tableau de bord, afin de ne pas trop subir les contrecoups du sentier de terre.

Le véhicule de la police municipale attrapa la route et prit la direction de Valloire. L'homme décrit par le père de Loïs habitait dans un chalet d'alpage situé sur le chemin de randonnée entre la piste des selles et l'Aiguille Noire. La manière la plus rapide pour y accéder est de tourner à droite à l'UCPA, de passer à côté de l'asinerie et de remonter la piste des Myosotis jusqu'à l'arrivée de la piste bleue des Selles. Le changement de massif montagneux entre la Sétaz et le Crey du Quart saute aux yeux. Les innombrables mélèzes et autres conifères laissent place à une immensité quasi vierge d'arbres. Le télésiège du Cornafond, deux petites maisons et une barrière à vaches délimitent le passage sur les Selles. Ensuite, il reste quelques kilomètres et un virage avant de quitter la piste et de tourner à droite en direction de l'Aiguille Noire. L'hiver, une grande barrière permet de voir qu'il y a un accès dans cette direction. Enfin, seulement si elle n'est pas ensevelie sous la neige.

Quand Malo et Loïs eurent fini d'expliquer le trajet qu'ils allaient prendre, Doyles se sentit rassuré. Après tout, cela n'avait l'air ni trop long ni trop compliqué. Bien sûr, il aurait préféré être au volant de sa fidèle 4L, mais il pensait bien que cette dernière n'aurait pas tenu le choc sur les sentiers de montagne. Quelques minutes après leur départ, le véhicule de Loïs avait traversé Bonnenuit, les Verneys et s'apprêtait à quitter la route. À cet instant, le gendarme reçut un appel.

— Doyles, c'est Pegasus, l'hélico qui était situé au col du Télégraphe vient de repartir, vos collègues prennent le relais.

— Déjà ? demanda Doyles. Ils ont été rapides ! Je gère avec eux alors ! Merci de m'avoir prévenu !

Doyles allait mettre un terme à la conversation quand Pegasus hurla dans le combiné :

— Capitaine ! Oh, Capitaine, ne raccrochez pas !

— Oui ? Quelque chose d'autre ?

— Votre copain Villard avait raison ! Pour revenir nous chercher, l'hélico est passé au-dessus du chalet d'alpage qu'il a mentionné.

— Et… ? interrogea Doyles en espérant une bonne nouvelle.

— Il y a bien un 4 x 4 blanc genre safari stationné à proximité.

— Super ! s'écria le Capitaine. C'était un Land Rover Defender ?

— De là-haut, ils ne sont pas sûrs à cent pour cent du modèle, mais ça y ressemblait bien.

Enfin, il allait arrêter de naviguer à vue. Maintenant, il fallait réussir à appréhender le conducteur du véhicule et espérer qu'il soit bien le tueur de Viorel et de Darevin. Cependant, il y avait certainement plus qu'un seul Land Rover Defender blanc dans la région.

— Capitaine, reprit Pegasus, on arrête les contrôles routiers ?

— Non, on attend d'avoir vérifié si c'est le bon 4 x 4 ! Pour le moment, on continue de fouiller tout le monde.

— Okay, répondit Pegasus, je préviens ma brigade au col du Lautaret, et je fais de même avec la vôtre, si vous voulez.

Le lieutenant Pegasus avait bien compris la manière de fonctionner du capitaine Doyles. Moins celui-ci s'encombrait l'esprit de broutilles et plus facilement il menait ses enquêtes. Passer des coups de fil à ses collègues de la circulation était une chose qui ne l'intéressait pas le moins du monde. La question était tout à fait rhétorique et Pegasus continua :

— Capitaine, dès que l'hélico se pose, je monte dedans et je vous rejoins chez le tireur !

— Vous y serez avant nous, Lieutenant ! affirma Doyles. Surtout, vous nous attendez ! Personne n'intervient avant mon arrivée. C'est compris ?

— Parfaitement, mon capitaine, on se tient prêt à agir dès que vous nous le demanderez !

Doyles raccrocha sitôt certain que Pegasus ne ferait rien sans son accord.

— Bon, les gars, le Land Rover est sur place, on monte là-haut et l'on n'interviendra qu'avec l'appui de l'hélicoptère. C'est clair ?

— Parfaitement, Chef ! répondirent les deux hommes à l'unisson.

À cet instant, Loïs passa à côté de l'asinerie et après avoir failli écraser deux ou trois randonneurs, le 4 x 4 commença son ascension sur les pistes. Brinquebalés à droite et à gauche, Doyles et Malo s'agrippaient à ce qu'ils pouvaient pendant que Loïs restait concentré, les mains tendues sur le volant. Par deux fois, le capitaine vérifia le nombre de balles présentes dans son arme de service. Ce qui embêtait le plus Doyles, ce n'était pas que le type soit un fou de la gâchette et qu'il se mette à tirer à tout bout de champ, mais plutôt de ne pas avoir son identité. S'il avait su son nom, il aurait déjà eu un petit avantage au moment d'entamer la discussion, mais là, il partait dans l'inconnu et cela ne lui plaisait pas du tout.

— Malo, dit-il, tu n'as vraiment aucune idée du type qui peut habiter là-bas ?

— Non, Chef, répondit ce dernier. Il faudrait demander à la police, peut-être qu'ils ont une idée, eux !

Doyles enclencha le chargeur à cet instant et se tourna vers Malo.

— Mais c'est vous, la police ! s'écria-t-il.

— Ah oui, c'est vrai ! s'excusa Malo. Bah non, en fait, je ne sais pas qui c'est.

— On peut demander à mon père, suggéra Loïs, il m'a dit qu'il allait se renseigner. Peut-être qu'il a découvert qui c'est !

Conscient de sa boulette, Malo prit tout de suite l'initiative de téléphoner à son oncle. Après une courte discussion, il raccrocha et passa sa tête entre les deux sièges avant du véhicule.

— C'est bon, il a trouvé. Le type s'appelle Clovis. Il n'a pas réussi à savoir son nom de famille par contre.

— Clovis ? répéta Doyles sans être sûr de lui. Comme le premier roi des Francs ?

Malo et Loïs se regardèrent et firent mine de ne pas avoir entendu leur compagnon de route. Ce dernier détestant qu'on ne lui réponde pas reprit :

— Vous ne connaissez pas Clovis ? Vous n'êtes pas allés à l'école ?

— Alors là, si qu'on y a été à l'école. Même que la maîtresse, elle me mettait toujours à côté de son bureau. J'étais son chouchou ! sourit Malo.

— Ou plutôt t'étais tellement nul, qu'elle voulait que tu sois devant, comme ça, ça t'évitait de ne rien faire, pouffa son cousin.

En entendant cette remarque, Malo fit la moue et s'adossa contre le siège arrière en boudant.

— C'est pas vrai ! ronchonna-t-il. De toute façon, t'étais pas dans la même école que moi, tu sais pas de quoi tu parles, *na* ! conclut-il en tirant la langue comme un gosse.

Loïs et Doyles rigolèrent et le 4 x 4 quitta enfin la forêt de conifères. Posé à côté du télésiège du Cornafond, l'hélicoptère du lieutenant Pegasus attendait patiemment l'arrivée de Doyles et de ses acolytes. Loïs arrêta la Jeep et le capitaine en sortit.

— Alors Lieutenant, commença Doyles, quelle est la situation ?

— Nous sommes repassés au-dessus du chalet, le véhicule est bien un Land Rover Defender blanc. On reste en contact avec vous en permanence. Mes hommes seront prêts à intervenir à tout moment.

Doyles accepta la proposition d'aide et Pegasus lui donna un talkie-walkie. Avant de partir, le lieutenant lui lança :

— Ah, au fait, la balle que vous avez retrouvée dans la bergerie, elle correspond bien à celle que vous nous avez demandé d'analyser. C'est la même que celle qui avait traversé la tête de Darevin !

Chapitre 13

Entre la piste des Selles et l'Aiguille Noire, 16h15.

Loïs gara la voiture quelques centaines de mètres avant le chalet et barra la route au cas où le présumé tireur déciderait de leur fausser compagnie. Il alla vers le coffre, l'ouvrit et se saisit d'un sac.

— C'est quoi ça ? demanda son cousin.

— Le kit de survie, répondit-il en le mettant sur son dos.

Malo sourit en imaginant un saucisson et un morceau de Beaufort d'alpage. Loïs était un génie d'avoir pensé à tout ça. De son côté, Doyles se préparait à intervenir et apostropha ses collègues :

— Bon les gars, on y va doucement. Après tout, on ne sait pas si c'est notre homme !

Les deux policiers hochèrent la tête et le groupe se dirigea vers l'habitation. Garé juste au-dessus du chalet d'alpage, un 4 x 4 blanc, de la même marque que celui qui était recherché, attendait le retour de son conducteur.

Loïs toucha le capot du Land Rover et fit un signe de la tête au capitaine.

— Le moteur est encore chaud, Chef !

Doyles tenta bien de voir s'il y avait quelque chose dans le véhicule qui servirait à prouver la culpabilité de ce Clovis, mais, à l'arrière, les vitres teintées empêchaient d'y jeter un coup d'œil. À l'avant, une vieille couverture à damiers recouvrait le siège passager et sur le sol étaient entassés de nombreux journaux.

— Elle est où l'entrée de la maison ? demanda le capitaine à voix basse.

— Juste en dessous de la route, répondit Loïs, il faut suivre le petit sentier et l'on y est.

Doyles se prépara à emprunter le chemin de terre quand Malo l'arrêta.

— Capitaine, s'exclama-t-il, regardez, il y a des gouttes de sang par terre ! Si ça se trouve, il est blessé ! Et faut faire attention aux bêtes blessées, elles chargent souvent, même pour rien !

— Ouais, mais là, j'espère que ça ne va pas être le cas ! marmonna Doyles. Bon, messieurs, je vais y aller seul…

— Ça va pas, le coupa Loïs, et s'il vous tire dessus !

— Justement, reprit Doyles, si jamais ça dégénère, vous dites au lieutenant Pegasus d'intervenir. D'accord ?

— Oui, Chef, répondirent-ils ensemble.

— Vous ne faites rien tous les deux, c'est clair ?

— *Yes Sir, Sir, Yes Sir !* affirmèrent-ils en se mettant au garde-à-vous et en claquant les talons.

Doyles leva les yeux au ciel tandis que les deux hommes le saluaient comme des militaires. Il secoua la tête, vérifia que son arme était en état de fonctionnement et se dirigea vers la porte d'entrée.

Quand il se présenta devant, il n'aperçut aucun signe de vie à l'intérieur. Les quelques fenêtres du chalet étaient toutes fermées avec les volets entrouverts. S'il avait eu un château en face de lui, Doyles les aurait prises pour des meurtrières avec des arbalétriers prêts à faire feu, ou pire, à lui jeter de l'huile bouillante depuis les tours. Il toqua à la porte.

Pas de réponse.

Après quelques secondes, il recommença en frappant un peu plus fort.

Silence.

Deux refus. C'était déjà un de trop. Doyles tambourina alors tout en se présentant.

— Gendarmerie nationale ! Veuillez ouvrir la porte, s'il vous plaît !

Enfin, un léger bruit se fit entendre dans l'habitation. Il y avait bien quelqu'un en ces lieux. Doyles frappa de nouveau.

— Gendarmerie nationale ! répéta-t-il. Ouvrez, Clovis, je sais que vous êtes là !

Cédant sous les coups, la porte s'entrouvrit en grinçant. Doyles la poussa un peu plus. À l'intérieur, il faisait noir comme lors d'une nuit sans lune. Doyles avança et tendit l'oreille. La dernière fois qu'il était entré dans une habitation isolée, il s'était fait assommer. Cela n'allait pas lui arriver une seconde fois. Il donna un coup de pied dans la porte pour l'ouvrir au maximum. Si jamais quelqu'un se trouvait caché là, il espérait bien ainsi lui avoir maintenant cassé le nez. À son grand désarroi, il n'y eut aucun bruit, excepté celui du bois de la porte cognant contre le mur.

Le capitaine Doyles se retourna pour faire signe à Loïs et Malo qu'il entrait dans le chalet. Ces derniers se tenaient prêts à appeler à tout moment le lieutenant Pegasus et ses hommes qui attendaient un peu plus loin. Doyles prit son arme en main et pénétra dans ce qui ressemblait plutôt à une cabane qu'à une habitation.

— Clovis, je sais que vous êtes là ! hurla-t-il. Montrez-vous !

À cet instant, un *clic* se fit entendre dans la pièce voisine et un rayon du soleil se réverbéra sur quelque chose de métallique pointé en direction de Doyles. Ce dernier tourna la tête et comprit aussitôt que Clovis le tenait en joue.

Bang !

Un coup de feu résonna. Puis, ce fut le silence.

Chapitre 14

Chalet d'alpage, 16h45

— T'as entendu ? s'écria Loïs.

— Faudrait être sourd pour ne pas avoir entendu ! répondit le Breton.

— Tu crois que… continua Loïs sans terminer sa phrase.

— J'en sais rien ! Mais en tout cas, j'appelle le lieutenant Pegasus, dit Malo en attrapant le talkie-walkie.

Sans écouter son coéquipier, Loïs ouvrit le sac à dos qu'il avait pris dans le coffre du 4 x 4. Il fouilla à l'intérieur et en sortit deux pistolets.

— Mais qu'est-ce que tu fous avec ça ? demanda son cousin en voyant les armes dans les mains de Loïs. C'est pour quoi faire ?

— C'est le kit de survie, je t'ai expliqué tout à l'heure, j'ai des grenades aussi, au cas où !

— Mais t'es malade ! hurla Malo. Le capitaine a dit de ne rien faire avant l'arrivée du lieutenant et ses hommes.

— Bah bien sûr, objecta Loïs, et on va rester les bras croisés à les attendre.

— C'est bon, ils sont à côté ! Je viens de parler dans le bazar, dit-il en pointant le talkie-walkie, pour les prévenir !

— Ils t'ont dit dans combien de temps ils arrivaient ?

— Nan, mais c'était pas la peine, il leur faut même pas deux minutes pour être là !

— C'est toujours ça de trop. Tu fais comme tu veux, mais moi j'y vais ! ajouta Loïs en passant à côté de son cousin, armes aux poings.

Malo le regarda et, ne voyant pas arriver la brigade de Pegasus, il le rattrapa.

— Vas-y, allez, passe-moi un flingue ! dit-il en tendant la main.

— Tu sais t'en servir ? demanda Loïs.

— Et toi ? l'interrogea Malo.

En guise de réponse, Loïs arma son revolver et se dirigea vers le chalet de Clovis. Parvenu à la porte, il fit signe à Malo de passer sur le côté gauche pendant qu'il allait à droite. Les cousins firent le tour de la maison. Aucune autre entrée à l'horizon et toujours pas de Pegasus.

— T'es sûr que tu les as appelés ? demanda Loïs en chuchotant.

Malo acquiesça et sortit le talkie-walkie pour montrer à son équipier comment il avait fait.

— Mais, t'as oublié de l'allumer ! s'énerva Loïs. Ça ne t'a pas choqué qu'ils ne te répondent pas ?

Malo haussa les épaules :

— C'est bon, j'avais pas vu, j'y peux rien moi si c'est de la camelote ces trucs-là. J' pouvais pas savoir que ça s'arrêtait tout seul. On m'a dit : « T'appuies sur le bouton et ça marche. » C'est ce que j'ai fait.

— Bon, on n'a plus le temps d'attendre maintenant ! Appelle-les ! Moi, j'y vais !

Malo ne put pas protester. Loïs entra dans le chalet, arme à la main et bras tendu.

— Police, cria-t-il, personne ne bouge !

Chapitre 15

Chalet d'alpage, 16h50.

Deux ou trois minutes plus tard, comme l'avait prophétisé Malo, la brigade du lieutenant Pegasus arriva sur place. Au deuxième essai, Malo les avait tout de suite eus en ligne. Pegasus lui avait passé une soufflante terrible. Lui et son escadron avaient bien entendu le coup de feu, mais, en bons militaires qu'ils étaient, ils avaient attendu l'appel des coéquipiers de Doyles.

— Ne pas savoir se servir d'un talkie-walkie, vous êtes vraiment un crétin ! vociféra Pegasus à l'encontre de Malo.

Sans se démonter, celui-ci lui répondit du tac au tac.

— C'est de la merde vos trucs, c'est que du *made in China,* ça marche une fois sur deux !

La mauvaise foi du policier municipal n'atteignit pas le lieutenant qui répliqua :

— Vous auriez aimé quoi ? Les signaux de fumée ? Comme chez les Indiens ?

— *Pfff*, souffla Malo préférant ne rien

répondre.

Il savait bien que, les militaires, il ne fallait pas chercher à les faire changer d'avis. Ils avaient toujours raison.

Un peu plus loin, à côté du chalet d'alpage, le calme avait laissé place à un bourdonnement continu. Les volets de l'habitation étaient maintenant tous ouverts. À l'intérieur, sur une grande table en bois, gisait le corps du chamois abattu la veille et qui n'avait pas encore été dépecé. Posées contre les murs, plusieurs armes à feu étaient alignées ainsi que des couteaux de différentes tailles. De nombreuses munitions furent retrouvées et aussi des peaux de marmottes. Finalement, le braconnier qui sévissait dans les massifs autour de Valloire ne se cachait pas très loin du village.

Malheureusement, au beau milieu de tout cet arsenal militaire et de ce gibier, un homme était adossé contre un mur, une flaque de sang se répandant autour de lui.

*

Quand Loïs était rentré dans le chalet, il avait entendu des gémissements. Ne sachant pas s'il s'agissait de Doyles ou bien du braconnier, il s'était avancé, son arme à la main. Dans la pénombre de la pièce, il n'avait pas réussi à discerner quelle était la forme qui se tordait de douleur. Il s'était approché doucement et s'était retrouvé tétanisé.

— C'est bien la peine que je vous dise ne pas bouger ! lui avait hurlé Doyles en vérifiant qu'il n'avait pas tué le braconnier. Et puis c'est quoi ça ? avait-il demandé en pointant le revolver de Loïs. T'es armé maintenant ? C'est pas toi qui nous as dit que tu ne t'étais jamais servi de ces trucs-là ?

Pour une fois, le jeune policier était bien content de se faire remonter les bretelles par le capitaine. Quand ce dernier avait vu le canon du fusil de Clovis briller au soleil, il avait instantanément appuyé sur la détente en faisant bien attention de viser les genoux. Depuis toujours, Doyles était un fin tireur, l'égal de Lucky Luke, le cheval en moins.

*

Une fois le braconnier retapé, Doyles se posa devant lui et l'interrogea.

— Bon, Clovis, c'est ça ?

— Si vous le savez déjà, pourquoi vous me le demandez ? maugréa l'homme à la barbe hirsute.

— D'accord ! approuva Doyles. Alors, on va commencer par le début, c'est-à-dire, avant que tu essayes de me tirer dessus et…

— Vous êtes bien fort, vous, l'interrompit Clovis, pour savoir que j'allais faire feu. Si ça se trouve, il n'était même pas chargé mon fusil !

Doyles fit un signe de la tête à Pegasus. Le lieutenant prit l'arme dans sa main pour vérifier les dires du braconnier. Il en sortit deux cartouches prêtes à être utilisées.

— Ah ! fit Doyles en attrapant ce que lui lança Pegasus. Finalement, il faut croire que j'avais raison.

L'homme ne répondit pas, mais se mit à marmonner quelque chose d'inaudible.

— Qu'est-ce que t'as dit là ? demanda Doyles en tendant l'oreille.

— Qu'avec ma deuxième balle, j'aurais mieux fait de te tirer dessus dans la bergerie plutôt que de vouloir m'assurer d'avoir bien descendu ce bouffon de Viorel !

— Tu sais, déjà ton deuxième coup, il n'a pas atteint Viorel, mais une casserole donc… mais tuer un flic alors là, c'est encore autre chose que de viser de la vaisselle !

— Qu'est-ce que j'en ai à carrer ? De toute façon, même si je l'avais pas buté, vous m'auriez foutu le meurtre de l'autre sur le dos !

Voilà une phrase qui intéressa fortement le capitaine.

— Qui ça l'autre ? demanda-t-il.

— Le type dans la montagne ! J'sais pas qui c'était, mais c'est pas moi qui l'ai tué !

— Attends, répliqua Doyles, si c'est pas

toi, tu vas peut-être pouvoir nous expliquer comment ça se fait que ce soit une de *tes* balles qui lui ait transpercé la tête ?

Le braconnier fit une grimace en regardant son genou qui lui faisait un mal de chien. Il se rongea un ongle et, fixant Doyles droit dans les yeux, il lui asséna :

— J'en sais rien !

— Tu n'en sais rien ? C'n'est pas dur, je vais t'expliquer. Avec ton beau fusil à lunettes qui se trouve là-bas, aligné avec les autres, tu as suivi Darevin dans la montagne et quand il s'est retrouvé seul, tu lui as collé une balle dans la tête. Après tu as voulu cacher le corps, donc tu l'as enseveli sous un tas de cailloux. Puis, t'as vu un chamois à proximité, tu l'as abattu et en descendant vers ta voiture, tu es tombé sur Viorel. Tu l'as menacé et ce midi quand tu nous as entendus dire qu'on allait à la bergerie, tu nous as suivis et quand tu as vu Viorel nous parler, tu l'as tué comme un chien. Ou plutôt comme un chamois, c'est ça ton truc, non ?

Clovis secoua la tête et tout en grimaçant, il répliqua :

— N'importe quoi, vous n'avez pas d'autres conneries à balancer ! Et dire que c'est nos impôts qui servent à vous payer. Je suis bien content de ne rien filer à l'État, moi !

Doyles posa les poings sur la table et se

redressa. Il alluma un de ses fameux cigarillos, prit une grande bouffée et souffla la fumée au visage du braconnier.

— Alors, vas-y, explique-nous !

— Connard ! riposta Clovis sans même sourciller.

Ce fut l'insulte de trop. Doyles sortit de ses gonds. Il attrapa le type par les cheveux et lui écrasa la tête contre la table. Pegasus se jeta sur lui pour le raisonner.

— Oh, Capitaine, mollo ! Il ne va rien nous dire si vous vous mettez dans un tel état !

Doyles se redressa, ajusta le col de sa chemise et remit son cigarillo à ses lèvres.

— T'as de la chance qu'on soit pas que tous les deux, rétorqua Doyles à l'oreille de Clovis.

Le braconnier se retourna, regarda Doyles en souriant et répliqua :

— C'est toi qui as de la chance, mon biquet ! Tu sais que je suis aussi taxidermiste à mes heures perdues ! J'adore ça ! Je vois déjà la tête que je te ferais !

Une nouvelle fois, le capitaine sentit une poussée de violence monter en lui. Il jeta son cigarillo dans le verre qui servait de cendrier au braconnier et prit une grande bouffée d'air.

— Bon, dit-il, je te laisse une dernière chance avant que le lieutenant ne t'embarque et ne te jette en pâture aux gendarmes de Briançon.

— Tu veux savoir quoi ? demanda Clovis en changeant d'attitude.

— Tout !

Rares étaient les fois où un suspect se montrait si coopératif avec les forces de l'ordre. Doyles connaissait trop bien son métier pour ne pas se douter qu'il pouvait y avoir anguille sous roche. Il allait noter bien scrupuleusement tout ce que lui expliquerait Clovis et il vérifierait ensuite les dires du braconnier.

Avant de commencer son histoire, Clovis demanda un cigarillo au capitaine qui lui lança le paquet sur la table. Le chasseur en mit un directement à ses lèvres et, alors que Doyles allait récupérer son bien, il en saisit un second et le plaça derrière son oreille.

— Ça te dérange pas, hein ? demanda Clovis en faisant un signe de la tête au gendarme. T'aurais pas non plus du feu, pendant qu'on y est ?

Doyles farfouilla dans ses poches. Il sortit un Zippo et le posa devant le braconnier.

— Tiens, mais celui-là, je le récupère ! dit-il.

Clovis sourit une nouvelle fois. Il fit tourner le briquet à essence et ouvrit le capuchon à plusieurs reprises sans allumer son cigarillo.

— Allez, j'arrête de te faire lambiner ! Mais tout ce que t'as raconté, c'est des conneries.

— Donc la balle qui a explosé la tête de Darevin, c'est pas toi ? demanda Doyles.

— Le Russe ? Celui qui voulait tout racheter au village ?

— On parle bien de la même personne !

— J'crois pas, répliqua Clovis. Le type que j'ai trouvé mort dans la montagne, c'était pas Darevin !

Chapitre 16

Chalet d'alpage, 17h.

La nouvelle fit l'effet d'une bombe. En une seconde, toute l'enquête du capitaine Doyles venait de s'effondrer. Pour vérifier les explications de Clovis, le gendarme demanda aux policiers municipaux une photo du Darevin qui vivait au village depuis un an. Quand les cousins lui apportèrent un de leurs téléphones avec l'image, force fut de constater que ce n'était pas le même homme que celui retrouvé au lac Blanc.

— Lieutenant ! dit Doyles en appelant Pegasus. Vous êtes sûr de l'identité du corps de ce matin ?

— Affirmatif mon capitaine, assura le gendarme. Le gars avait ses papiers sur lui, un passeport russe avec sa photo. On va vérifier quand même, je contacte tout de suite mes collègues !

Doyles le remercia et se retourna vers les policiers municipaux.

— Et vous ? Vous n'auriez pas pu le dire plus tôt que ce n'était pas le même Darevin que le vôtre ?

— Comment vouliez-vous qu'on le sache ? s'excusa Loïs. On n'a pas vu de photo du cadavre, nous.

— C'est vrai, ça, Capitaine, répliqua Malo. Vous nous avez dit que Darevin était mort, on vous a cru ! En plus, personne ne l'a vu depuis hier soir.

— On ne pouvait pas savoir que ce n'était pas lui ! bredouilla Loïs. Si seulement on l'avait croisé dans la rue, on aurait pu vous dire que vous faisiez erreur, mais là ? Il a même laissé une lettre disant qu'il partait en Russie…

Doyles interrompit Loïs et se tourna vers Pegasus :

— Lieutenant, pendant que vous êtes au téléphone, demandez-leur aussi de vérifier les vols en provenance et à destination de la Russie. Le deuxième Darevin devait décoller pour Moscou aujourd'hui.

Pegasus hocha la tête et transmit immédiatement la requête à ses collègues des Hautes-Alpes. Il resta encore quelques minutes en communication et fit signe à Doyles de le rejoindre.

— Capitaine, murmura-t-il, le braconnier a raison. Je viens d'avoir le légiste au téléphone, Darevin n'a pas été tué d'une balle dans la tête. Il était mort avant !

Surpris par cette nouvelle, Doyles se retourna vers Clovis qui jouait encore avec le Zippo en attendant que quelqu'un continue à l'interroger.

— Comment ça ? demanda Doyles.

— Le type a été empoisonné au curare.

— Au curare ? Comment est-ce possible ?

— Par une administration intra musculaire, d'après ce que m'a dit le légiste. Par contre, il ne savait pas encore comment l'injection avait eu lieu.

— Mais, objecta Doyles, ça ne se trouve pas en pharmacie ?

— On s'en sert pour les anesthésies, à faible dose ! répondit Pegasus. Avec un bon pot-de-vin, je pense qu'on peut s'en procurer assez facilement. Mais le pire, continua-t-il, c'est que le type a été conscient jusqu'à sa mort. Il a senti la piqûre et ensuite, ses muscles se sont paralysés et il a fait un arrêt respiratoire. Mais il a tout vu et s'est bien rendu compte qu'il était en train de mourir !

— Quelle horreur ! glissa Doyles en avalant sa salive. Et sinon, il n'y avait pas un indice nous expliquant qui aurait pu faire ça ?

— Rien !

Doyles se passa la main dans les cheveux et remercia le lieutenant. Il retourna voir Clovis et reprit son interrogatoire.

— Disons que je veux bien te croire et

que ce n'est pas toi qui as tué Darevin…

— C'est pas Darevin, je vous dis, l'interrompit Clovis. Enfin, c'est pas le Darevin que je connais.

— Ouais, ça, on y reviendra après, mais vas-y, explique-moi ce qui s'est passé dans la montagne.

— Bon alors déjà, Viorel, c'est pas le pauvre petit roumain que tout le monde croyait. Premièrement, il ne s'appelle pas Viorel, mais Luthère. On chasse ensemble et on braconne depuis qu'on a dix ans, enfin…

— Luthère ? demanda Doyles en l'interrompant.

— Oui, Luthère Bradit, vous n'avez qu'à vérifier. Il est fiché depuis des années. C'est un petit truand. Une fois, il a même voulu me faire plonger pour ses trafics.

— Alors pourquoi étiez-vous encore en contact avec lui ?

— Quand il est sorti de prison, il est venu me voir. Après tout, on a grandi ensemble. Il m'a dit qu'il avait fait une connerie et je l'ai cru. Enfin, j'ai toujours eu un œil sur lui. Mais, c'n'est pas le propos. Hier, il a expliqué au berger qu'il avait perdu un mouton, mais c'était pas vrai. Vous n'avez qu'à recompter, je suis sûr qu'ils sont tous là. Il a dit ça parce qu'on devait se retrouver pour chasser le chamois. Ça fait des semaines que je me prépare pour ça. C'est pas comme si c'était difficile à débusquer, mais il fallait trouver le moment opportun, où l'on pouvait courir le gibier tous les deux et hier soir, c'était le Jour J.

Doyles nota scrupuleusement ce que disait Clovis pendant que le lieutenant Pegasus appelait une nouvelle fois ses collègues pour avoir des informations sur ce Luthère. Clovis continua son histoire :

— On s'est donc retrouvés en début de soirée et l'on a attendu qu'il n'y ait plus personne dans les parages avant qu'on se mette en chasse. Et puis, finalement, après plusieurs heures à guetter, on a chopé un chamois et on l'a abattu. Le problème, c'est que quand on est venus le chercher, il y avait un type allongé juste derrière la chèvre.

— Et comment pouvez-vous être aussi certain que ce n'est pas vous qui l'avez tué ?

— Vous avez déjà vu un mec couché dans les cailloux en pleine nuit dans la montagne, vous ?

La discussion entre les deux hommes était maintenant redevenue formelle et le tutoiement entre eux s'était transformé en vouvoiement.

— Non, mais en même temps, je n'aime pas ça, je n'y vais jamais !

— C'est con de bosser dans le coin alors ! se moqua Clovis. Mais, quand j'ai appuyé sur la détente, j'ai rien vu, personne ne bougeait. J'ai tiré deux fois pour être sûr. Une des deux balles a dû se loger dans sa tête.

Doyles se gratta le front et confirma les dires du braconnier.

— En tout cas, vous aviez raison sur ce point, il était bien mort avant de recevoir votre projectile. Il a été empoisonné !

— Ah, c'est pas moi ça, par contre ! J'y connais rien en poison.

— Et pourquoi avez-vous tiré sur Viorel ou Luthère ?

— Il ne m'a pas cru quand je lui ai assuré que ce n'était pas moi qui avais tué le type. J'étais sûr qu'il me balancerait. C'était ce qu'il allait faire, non ?

Doyles ne contredit pas le braconnier, mais force était de constater que celui-ci avait un certain sens de déduction et d'observation.

— Bon, d'accord. Vous savez ce qui va vous arriver maintenant ? demanda-t-il.

Clovis ne répondit rien et continua à jouer avec le Zippo.

— Juste une dernière question, avança Doyles alors que le chalet était vidé des gendarmes qui attendaient Doyles et le braconnier à l'extérieur. Vous n'avez pas vu quelqu'un d'autre ? Quelqu'un qui aurait pu être avec Darevin et le tuer ?

— On ne monte pas le Grand Galibier

comme on rentre dans un moulin non plus, mais ça passe quand même !

— Vous ne répondez pas à ma question !

Clovis se leva difficilement, attrapa un bâton pour s'en servir de canne et se dirigea vers le fourneau à gaz.

— Qu'est-ce que vous faites, là ? demanda Doyles.

— J'ai bien le droit de me faire un dernier café avant de passer le reste de mes jours en prison, non ?

La requête n'était pas si idiote que cela et Doyles le laissa faire. Il se leva à son tour et se mit sur le seuil de la porte. Après plusieurs minutes à attendre, une odeur de gaz le fit toussoter. Il se retourna vers Clovis.

— Vous avez un problème pour chauffer votre café ? s'écria le capitaine en regardant le braconnier.

Ce dernier attrapa le cigarillo qu'il avait sur les lèvres, huma délicatement son parfum et le remit en place. Puis, prenant le Zippo dans sa main droite, il actionna le briquet et plongea la tête dans la gazinière.

Boum !

L'intérieur du chalet explosa faisant trembler le sol tout autour. Au bruit de la déflagration, tout le monde se mit à terre pour se protéger. En se relevant, Malo, Loïs et la brigade de gendarmes ne purent que constater les dégâts. La fumée s'échappait par la porte d'entrée. Les flammes avaient déjà attaqué le toit de l'habitation. Il n'y avait plus rien à faire. Clovis avait eu ce qu'il voulait.

La surprise passée, Malo et Loïs regardèrent autour d'eux et la même pensée leur traversa l'esprit. Il manquait quelqu'un à l'appel.

— Capitaine ! s'écria Loïs en se ruant vers les flammes.

Chapitre 17

Valloire, centre du village, 18h.

L'après-midi touchait déjà à sa fin quand Malo et Loïs retournèrent à Valloire. Après l'explosion, ils avaient rapidement trouvé le capitaine normand allongé à plusieurs mètres à l'extérieur du chalet. Le souffle l'avait éjecté du pas de la porte. Et par miracle, il s'en sortait indemne.

De la cabane du braconnier, il restait encore les murs, mais les vitres et l'intérieur tout entier étaient détruits. En prenant en main le Zippo de Doyles, Clovis avait tout de suite su qu'il ne ressortirait pas menottes aux poignets. Pendant presque une heure, il avait joué avec, sans jamais que Doyles ou un autre militaire ne comprenne ce qu'il avait dans la tête. Ce type était finalement bien plus qu'un simple tueur d'animaux. La gendarmerie de Briançon avait recontacté Pegasus après l'explosion et lui avait certifié le lien entre Clovis et Luthère. On lui avait, en outre, expliqué que celui qui tenait son nom du premier roi des Francs avait un QI supérieur à la moyenne. Il était devenu une sorte de vagabond pour échapper au système et vivre comme il l'entendait, loin du capitalisme et de la politique.

L'affaire du braconnier fut laissée au lieutenant Pegasus. Il restait moins de trente-six heures à Doyles pour savoir qui avait fait la peau à ce Darevin-là.

— C'est incroyable ça ! dit Malo en descendant du 4 x 4 qui venait de se garer dans l'avenue de la Vallée d'Or. Il y a un Darevin assassiné dans le Galibier et un autre qui est reparti en Russie au même moment.

— C'est sûr que s'ils avaient voulu le faire exprès, ils n'y seraient pas arrivés, répondit Loïs. Vous en pensez quoi, vous, Capitaine ?

— Rien de bon, messieurs. Je pense que…

Doyles ne put terminer sa phrase. Son téléphone portable vibra dans sa poche. Il le sortit et décrocha :

— Doyles, j'écoute !

— Capitaine, c'est Chloé de la gendarmerie de Briançon, on s'est déjà parlé aujourd'hui par l'intermédiaire du lieutenant Pegasus.

Doyles hocha la tête, comme si la gendarmette pouvait le voir acquiescer. Elle continua :

— J'ai les informations que vous vouliez sur le type qui a été retrouvé dans le Galibier.

Doyles se posa sur une barrière et regarda les cabines de la Brive 2 arrêtées à cette heure et la vie autour de lui. À proximité, la fête se terminait tranquillement sur la place du cinéma où avait été organisée une kermesse au profit de l'école primaire. Les petits chalets de bois fermaient les uns après les autres tandis que sous le chapiteau, les derniers gâteaux étaient vendus. La loterie continuait quant à elle de marcher et de nombreux touristes achetaient un billet dans l'espoir de gagner un jambon entier ou un kilo de tomme de Savoie. De l'autre côté de la rue, à côté du chapiteau servant pour les festivités et les animations en cas de pluie, un grand stand de tir à la carabine fonctionnait toujours. Les chasseurs, ceux qui respectaient les dates d'ouverture, en profitaient pour tester leurs capacités. Quelques jeunes ayant bien abusé de la fête dormaient allongés dans la paille ou le bas-côté, cuvant probablement tout ce qu'ils avaient englouti depuis le début de la journée.

— Allez-y, répondit le capitaine, je suis tout ouïe !

— Bon, alors on a bien un certain Darevin qui est arrivé à l'aéroport de Genève hier matin. J'ai mis un moment à le trouver parce qu'il a fallu avoir l'accord des autorités suisses et avec eux, ça peut prendre un peu de temps, mais bon, j'ai vérifié avec le passeport, c'est bien le type qu'on a retrouvé dans la montagne. Ah ! Il a aussi loué un véhicule là-bas, un 4 x 4 de marque allemande, une Audi Q7 blanche.

— Mais c'est une manie ici les voitures blanches, pensa Doyles à haute voix.

— Pardon ? demanda Chloé.

— Non, rien, continuez, je ruminais tout haut.

— Et il y a un vol retour prévu pour aujourd'hui, dix-neuf heures. J'ai appelé l'aéroport, l'avion part dans un quart d'heure et forcément, personne ne s'est présenté à l'enregistrement.

— Et pour l'autre Darevin ?

— J'ai passé la photo du type dans notre logiciel de reconnaissance faciale. Je viens d'avoir un résultat. L'homme qui se fait appeler Darevin depuis l'année dernière est en fait un dénommé Pascal Lerat. Une sorte d'aventurier, explorateur et aussi guide touristique pour personnes riches. Il a été condamné pour vol et recel de bijoux et d'objets de valeurs. Un petit malfrat en fait !

— Un petit malfrat qui a disparu et qui se fait passer depuis un an pour un type qu'on vient de retrouver mort dans la montagne. C'est quand même fort de café ! Sinon, vous n'avez rien trouvé qui relie les deux hommes ?

— Pas pour le moment, je vous contacte si j'ai du nouveau, mais ça ne sera peut-être que demain, maintenant !

Doyles regarda sa montre et vit que les coups de dix-neuf heures approchaient, il remercia sa collègue et lui souhaita une bonne soirée.

— Tenez, Capitaine, c'est pour vous !

Juste après avoir raccroché, Doyles se retourna et se retrouva nez à nez avec un énorme jambon sec.

— Qu'est-ce que c'est que ça ? demanda-t-il en l'écartant.

— C'est votre cadeau ! répondit Malo tout sourire. On vient de le gagner à la loterie.

— Avec un seul ticket et sans tricher en plus ! s'exclama Loïs.

— Félicitations, mais vous allez le garder pour vous ! On a d'autres chats à fouetter là !

— Mais Capitaine, il est dix-neuf heures, on est debout depuis cinq heures du matin ! dit Malo.

— Et alors ? répliqua vertement le gendarme. Vous n'êtes pas à l'usine ! Vous avez badgé ce matin, avant de commencer ?

— Bah non ! répondit Loïs. Mais quand même !

Doyles savait bien qu'il en demandait beaucoup aux deux policiers municipaux. De plus, avec la fête qui venait de se dérouler au village, ils avaient encore du travail pour vérifier que tout allait bien être remis en ordre à Valloire, mais il y avait plus important à faire.

— Vous dormirez davantage demain ! s'emporta-t-il.

Malo et Loïs comprirent tout de suite qu'il valait mieux ne pas s'opposer au capitaine. Le breton posa le jambon dans le coffre du 4 x 4 et demanda à Doyles comment ils pouvaient l'aider.

— On fait quoi alors ? interrogea Malo. Vous avez une nouvelle piste ?

— Un SUV blanc, Audi Q7, immatriculé en Suisse, ça ne vous dit rien ?

Soudain, Loïs sentit sa gorge se nouer. Il était tellement en colère ce matin qu'il avait tout de suite pensé que le 4 x 4 blanc stationné aux Villards était un nouveau cadeau de Lucille Ruaz pour Darevin le soi-disant écolo. Après tout, cela aurait très bien pu être le cas. Il répondit au capitaine :

— On en a vu un ce midi, à côté de chez madame Ruaz, pourquoi ça ?

— Parce que c'est le véhicule que le véritable Darevin a loué à l'aéroport de Genève ! s'énerva Doyles.

— Ça veut dire… commença Malo.

— Ça veut dire qu'on y va et qu'on va voir pourquoi cette foutue bagnole était là-bas ! vociféra Doyles en montant dans la Jeep.

Chapitre 18

Hameau des Villards, 18h30.

— Il n'est plus là !

— Comment ça se fait ?

— Mais enfin, vous en faites exprès ou quoi ? s'emporta Doyles.

Les trois membres des forces de l'ordre avaient fait le chemin jusqu'aux Villards en quelques minutes. Et l'Audi Q7 blanche n'était plus à l'endroit où les deux cousins l'avaient vue lors de leur visite à Lucille Ruaz. Doyles sortit de l'auto et regarda partout autour de lui.

— Elle habite où cette Lucille Ruaz ? demanda-t-il. On va aller voir si elle sait comment la grosse allemande a disparu.

— C'est là, dit Loïs en pointant du doigt la première maison à l'entrée du hameau.

Doyles toqua plusieurs fois à la porte. Aucune réponse. Il essaya de regarder par les différentes fenêtres, mais toutes les lumières étaient éteintes à l'intérieur de l'habitation. Il n'y avait personne.

De leur côté, Loïs et Malo étaient allés

questionner le voisinage, mais personne n'avait rien vu de particulier. Tous avaient passé leur journée dans le village ou chez des amis afin de profiter au maximum de la fête.

— On est bien avancés ! déclara Doyles en tapant dans une pierre à proximité.

— On fait quoi, Chef ? s'exclama Malo.

— On fait quoi ? On fait quoi ? Mais bon Dieu, c'est simple quand même ! On cherche cette bagnole ! Elle n'a pas pu disparaître comme ça !

Doyles prit son téléphone portable et appela le lieutenant Pegasus. Il lui demanda si la brigade présente en haut du col du Lautaret avait vu une Audi Q7 blanche. Pegasus ne put répondre à la question de l'officier. Ses hommes avaient été à la recherche d'un Land Rover et non d'une Audi, ils avaient pu la laisser passer sans s'apercevoir de quelque chose.

Le capitaine raccrocha et appela ensuite ses collègues de Saint-Jean-de-Maurienne. Malheureusement pour lui, le commandant Favre, son supérieur hiérarchique, était encore présent sur place et voulut lui parler.

— Alors Doyles, comme ça on demande de l'aide aux brigades des alentours ? pesta Favre en connaissant déjà la réponse. Vous savez ce qu'avait dit le préfet. Je ne suis pas sûr qu'il soit ravi en apprenant la nouvelle !

— Franchement, je n'en ai rien à faire du préfet ! lui lança le capitaine Doyles. Qu'il me vire s'il n'est pas content, c'est le cadet de mes soucis ! Pour le moment, j'ai un homme en fuite et je compte bien lui mettre la main dessus. Alors est-ce que vous pouvez me dire si nos gars ont vu une Audi Q7 blanche pendant leur contrôle ?

Favre marmonna quelque chose que le capitaine ne préféra pas entendre et après quelques secondes d'hésitation, il répondit :

— Aucune idée, c'est pas ce qu'ils cherchaient. Par contre, vous avez raison, on va oublier le préfet et je vais moi aussi vous filer un coup de main.

Quelle ne fut pas la surprise de Doyles en entendant cela. Les relations avec Favre avaient toujours été froides quoique professionnelles, et qu'il outrepassât une décision du préfet, son capitaine n'en crut pas ses oreilles.

— Je vous écoute ! dit Doyles.

— Je vais faire vérifier toutes les caméras de vidéosurveillance de l'autoroute, dans un sens et dans l'autre, et aussi celle de Saint-Michel s'il y en a. Vous avez la plaque du véhicule ?

Doyles lui donna les lettres et les chiffres, comme il l'avait fait avec Pegasus. Maintenant, il n'avait plus qu'à attendre, en espérant qu'un de ses deux collègues finirait par mettre la main sur cette voiture. Il regarda Malo et Loïs. Tous les deux commençaient à montrer des signes de fatigue indéniables. Il fallait bien que le capitaine accepte l'évidence. En cette fin de journée, ils ne trouveraient rien de plus pour l'aider. La seule personne qui aurait pu lui dire quelque chose était Lucille Ruaz, mais elle n'était pas chez elle.

Malo et Loïs accompagnèrent Doyles en ville en lui proposant de l'héberger pour la nuit. Ce dernier refusa et préféra prendre une piaule dans l'hôtel où séjournait le faux Darevin. En arrivant, il demanda à voir celle de l'usurpateur d'identité, chose qu'il aurait dû faire depuis un moment, mais les événements de la journée avaient déréglé les étapes de son enquête. La réponse qu'il attendait fut bien différente de celle qu'il reçut.

— La chambre de monsieur Darevin ? demanda la patronne. Mais elle a déjà été attribuée à quelqu'un d'autre.

— Comment ça ? l'interrogea Doyles avec surprise. Ça ne vous est pas venu à l'esprit qu'il y a une enquête en cours.

— Mais, s'insurgea l'hôtelière, elle a été rendue hier. C'est monsieur Darevin lui-même qui a donné les clefs, hein, Élise ? s'assura-t-elle auprès d'une de ses employées.

— Darevin ? Vous en êtes bien sûr ? les questionna Doyles en lui montrant une photo du faux Darevin.

— Oui, c'est cet homme-là, répondit la jeune femme. Un monsieur très bien.

— Tout le monde le connaît ici, rétorqua la patronne.

— Ouais, bah tout le monde se trompe, déclara Doyles, ce type-là, dit-il en pointant la photo qu'il avait sur son écran de téléphone, il s'appelle Pascal Lerat. Il vous a tous menés en bateau depuis un an. Il n'a pas un rond, c'est un escroc ! Il vous a réglé la chambre ? demanda le capitaine pour conclure.

La patronne avala sa salive de travers. L'employée, sans même vérifier sur l'ordinateur, répondit :

— Euh, non. Il m'a affirmé qu'il allait revenir de Russie avec son argent et qu'il s'acquitterait de la note à son retour.

Puis elle regarda vers sa chef et s'excusa :

— Vous m'aviez dit qu'on pouvait lui faire confiance, n'est-ce pas madame ?

— Quasiment un an de chambre impayée, grogna la patronne. Je suis sûre que je ne suis pas la seule à qui il a fait le coup. Les restaurants, le matériel de ski, les remontées mécaniques… continua-t-elle. Bon, c'est vrai qu'à un moment madame Ruaz est venue régler quelques ardoises, mais je suis convaincue qu'il en reste encore. C'est certainement pour cela qu'on l'a tué. Quelqu'un a découvert le pot aux roses et s'est vengé.

Si le corps du lac Blanc avait été celui de Pascal Lerat, l'hôtelière aurait probablement raison, mais là, c'était différent. Doyles reprit :

— L'homme qui a été retrouvé mort, ce n'est pas le Darevin que vous connaissez !

Il sortit la photo du passeport du Russe qu'il avait sur son téléphone et la montra :

— C'est lui, le vrai Piotr Darevin !

La patronne prit l'iPhone des mains, scruta l'image et dit qu'elle ne savait pas qui c'était. L'employée passa plusieurs secondes sur la photo et tout à coup, elle s'écria :

— Mais je l'ai déjà vu, cet homme !

Le regard de Doyles s'illumina. La jeune fille aux cheveux ébène pouvait continuer à faire avancer son enquête.

— Où ça ? demanda-t-il en se penchant dans sa direction.

— Ici, à l'hôtel, hier soir. Loïs, le policier, est venu voir monsieur Darevin, ou Lerat comme vous l'appelez, et après qu'il est parti, notre client est descendu dans le hall. Il semblait assez stressé. Il avait sa valise faite, il portait du matériel de randonnée et c'est là qu'il m'a rendu sa chambre. Ensuite, il est sorti sur la terrasse et il a attendu. À un moment, je suis allée le voir pour savoir s'il ne voulait pas boire quelque chose, mais il s'est levé et a rejoint l'homme que vous venez de me montrer. Il est monté dans sa voiture et ils sont partis.

— Cette voiture ? insista le capitaine après avoir cherché le modèle sur son smartphone.

— Oui, la même.

— Et il ne vous en a pas parlé avant ? Il ne vous a pas dit le nom de cet homme ?

— Non, rien du tout, s'excusa l'employée.

— Et à vous ? demanda Doyles à la patronne.

— À moi non plus, dit-elle en haussant les épaules, j'en sais rien !

— Et c'est tout, rien ne vous a paru anormal dans son comportement ? la cuisina Doyles en sentant bien que son interrogatoire agaçait la responsable.

— Mais puisqu'on vous dit que… commença l'hôtelière qui fut interrompue par son employée.

— … Le seul truc bizarre, c'est qu'il a remplacé l'extrémité de son piolet par une autre, plus fine, avec une sorte de cartouche dessus. Et après, il a bien pris soin de la protéger, comme s'il ne voulait pas l'abîmer.

Doyles les remercia et composa le numéro de Chloé à Briançon en espérant qu'elle n'était pas déjà rentrée chez elle. À sa grande surprise, elle décrocha :

— Chloé ? demanda-t-il, c'est Doyles, vous êtes encore au bureau ?

— Rebonsoir Capitaine ! répondit la jeune gendarmette. J'allais partir quand le lieutenant Pegasus m'a dit que vous cherchiez l'Audi Q7 dont je vous ai parlé tout à l'heure. Résultat, je suis devant mon écran à regarder passer des voitures et non, je ne l'ai pas encore vue.

Le Normand sentit tout de suite le mécontentement dans la voix de son interlocutrice. Il n'en comprit pas la raison. À sa place, il se serait mis sur l'enquête à vitesse grand V, quitte à oublier femme et enfants ou juste sa femme, qui en avait l'habitude. Il ne s'excusa pas et déclara :

— Ah, merci, continuez à chercher, c'est bien mon petit ! Mais ce n'est pas pour ça que j'appelle. Dites-moi, vous m'avez bien parlé d'un empoisonnement au curare pour Darevin ?

— C'est ce que le légiste a écrit dans son rapport !

— Et il a mis autre chose ? La manière par laquelle cela avait été administré ?

— L'homme s'est fait piquer la cuisse par quelque chose de pointu, comme une seringue.

— Ou la pointe d'un piolet, s'écria Doyles en raccrochant sans même remercier Chloé qui resta comme une sotte avec son combiné en mains.

Elle leva les yeux au ciel et se remit à chercher la voiture sur son écran.

Doyles se passa l'index sous le nez, se gratta l'arrière de la tête et regarda une nouvelle fois le modèle du véhicule. À part les 4 L, il ne connaissait strictement rien en matière d'automobiles. Il ne savait même pas quelle était celle de sa femme.

Il posa son iPhone sur le comptoir et, par la baie vitrée, regarda la pluie qui commençait à tomber sur le village. Les touristes en shorts cherchant un abri le firent sourire. Ils avaient vraiment l'air malin avec leurs grandes chaussettes qui remontaient jusqu'aux genoux et leurs ponchos bleus ou verts foncés qu'ils essayaient d'enfiler tant bien que mal. S'ils s'étaient mis un sac poubelle avec un trou pour passer la tête, le résultat aurait été le même. Doyles était bien content d'être à l'abri. Comme souvent en montagne, la chaleur de la journée avait attiré les nuages et l'orage qui allait avec. Dans quelques minutes, les coups de tonnerre qui résonnaient à plusieurs kilomètres de là se rapprocheraient et le gros temps serait bientôt au-dessus de leurs têtes. Il n'y avait plus qu'à espérer que cela ne durerait pas trop longtemps.

— Enfin, se dit-il, je sais que Darevin et

Lerat sont montés dans la même voiture. C'est déjà un bon point. Il n'y a plus qu'à la retrouver et l'on pourra poursuivre.

La patronne avança dans sa direction et, alors qu'il parlait à haute voix, elle lui dit :

— Votre chambre est prête, si vous voulez bien me suivre !

— Oui, merci ! répondit-il.

Elle le mena dans la 14. Comme souvent, il n'y avait pas de numéro 13, par superstition certainement, jugea Doyles après avoir regardé les chiffres accrochés aux portes. Il découvrit sa chambre, bien exposée et surtout ensoleillée comme le déclara l'hôtelière. Doyles ne dit rien, mais n'en pensa pas moins. Avec la pluie qui se déversait sur Valloire et qui frappait contre les vitres, c'était sûr qu'il allait pouvoir profiter de la vue et du soleil. Il écouta la présentation des lieux et avant qu'elle ne prenne congé, il demanda à la dame :

— Excusez-moi, vous ne sauriez pas où je pourrais trouver Lucille Ruaz ?

— Chez elle, répondit-elle en dressant la tête, ou ailleurs ! Comment voulez-vous que je le sache ? Je ne vis pas avec elle !

Elle prit un morceau de papier et en regardant dans son téléphone, elle nota un numéro.

— Tenez, c'est son portable, vous n'avez qu'à l'appeler, elle vous répondra peut-être !

Doyles la remercia et sortit un cigarillo. Quand elle le vit le porter à ses lèvres, la patronne hurla :

— Et on ne fume pas dans les chambres ! C'est gendarme et ça ne respecte rien ! ajouta-t-elle en claquant la porte.

— De toute façon, j'ai plus de briquet, soupira Doyles en rangeant l'outil du cancer dans sa pochette.

Il se posa devant la fenêtre, les nuages étaient extrêmement bas. De là où il se trouvait, il ne pouvait plus voir les sommets des montagnes environnantes. Le tonnerre grondait de plus en plus fort et les éclairs commençaient à zébrer le ciel. Doyles fit le tour de la chambre et prit le morceau de papier griffonné. Il regarda le numéro et décida d'appeler Lucille Ruaz. Le capitaine plongea les mains de ses poches, mais ne trouva pas son portable. Il chercha partout, vidant sa veste, se mettant à quatre pattes pour jeter un œil sous le lit, retourna ses poches une nouvelle fois. Il avait disparu.

— Mais c'est pas possible ça ! maugréa-t-il. Où est-ce que j'ai bien pu le poser ?

Tout à coup, un éclair de lucidité le frappa. Il se rappela l'avoir mis sur le comptoir et ne pas l'avoir repris. Il se rua dans le couloir, descendit les marches quatre à quatre et arriva dans le hall.

Plus de téléphone.

— Excusez-moi ? demanda-t-il au nouveau concierge, vous n'auriez pas vu un iPhone à l'accueil ?

Le jeune homme chercha partout et ne trouva rien.

— Non, désolé ! dit-il. Mais je vous préviens si quelqu'un le ramène !

— Tu parles, pesta Doyles, personne ne va le rapporter !

— Vous pouvez l'appeler à partir du comptoir si vous voulez, reprit l'employé. La personne qui l'a trouvé cherche certainement son propriétaire.

— Ouais, c'est ça ! ronchonna le capitaine en attrapant le combiné que lui tendait le concierge. Encore heureux que je connaisse mon numéro. Je ne sais même pas celui de ma femme !

Alors qu'il composait les dix chiffres, un touriste et son rejeton arrivèrent dans le hall.

— Tiens, tu donnes ça au monsieur ! fit l'homme en poussant son fils vers le concierge et tu t'excuses d'avoir pris quelque chose qui ne t'appartient pas !

— Mais, papa, je l'ai pas volé. Je voulais te montrer la voiture qui était en photo dessus.

En voyant son portable dans les mains du garçon, Doyles raccrocha et s'approcha.

— Qu'est-ce qu'elle a cette voiture, mon

bonhomme ? demanda-t-il.

Suspicieux, le père mit son fils derrière lui et posa aussi une question.

— C'est votre téléphone ?

— Bien sûr, à qui voulez-vous que ça soit ? s'emporta Doyles.

— Je suis désolé, mais je ne peux pas le donner à quelqu'un d'autre que son véritable propriétaire !

Le capitaine sentit la moutarde lui monter au nez. Le parent du garçon n'avait pas tort, mais là, il avait autre chose à faire que discuter de la propriété de *son* téléphone.

— Bon, écoutez, dit Doyles en cherchant sa carte, je suis de la gendarmerie, si je vous dis que c'est à moi, croyez-moi !

— Non, désolé ! répondit le père du gamin. Je vais le donner au concierge qui se chargera de retrouver son propriétaire.

Doyles écarquilla les yeux et poussa l'homme sur le côté.

— Faites ce que vous voulez, je le récupérerai après ! Moi, ce que je veux savoir, c'est pourquoi tu as montré cette voiture à ton papa ?

Le paternel tenta de riposter, mais le concierge lui fit signe que le monsieur tout rouge qui posait une question à son fils était bien gendarme et que c'était *vraiment* son téléphone. Le garçon regarda son père et comme celui-ci l'autorisa à parler, il commença son explication :

— C'est la voiture qu'on a vue cet après-midi avec maman, pendant que papa était resté faire la sieste au soleil sur le balcon.

Le grand sportif secoua la tête, pas vraiment satisfait que sa progéniture raconte ses exploits.

— La même voiture ? demanda Doyles.

— Oui, tout pareil, blanche et grosse, mais elle avait une croix entourée de rouge sur la plaque. C'est quoi ça comme pays, Monsieur ?

— La Suisse, répondit Doyles. C'est certainement celle-là ! dit-il ensuite en aparté. Et elle était où cette voiture ?

— Je sais pas, mais elle a klaxonné quand elle est passée. Maman, elle n'était pas contente parce qu'on ne va pas en voiture sur ces chemins-là, qu'elle a dit.

— Quels chemins ? insista Doyles.

— Ils sont allés se promener là-haut. Mon épouse s'est garée en haut du premier tronçon du Crey du Quart, à côté d'un restaurant, et après ils ont marché, mais je ne sais pas vraiment où !

— Elle est où votre femme ? l'interrogea Doyles.

— Dans notre chambre !

— Et c'est quoi votre numéro ? insista le capitaine.

— La 11, mais…

Doyles ne le laissa pas finir sa phrase, il saisit son téléphone d'une main, attrapa une carte des sentiers piétons de l'autre et courut en direction de la chambre indiquée.

— … elle est dans la douche, dit l'homme alors que Doyles avait déjà disparu, elle ne va pas vous entendre !

Chapitre 19

Bar de l'hôtel, 19h30

— Allo Loïs ? J'espère que t'es avec ton cousin et que vous n'avez rien prévu pour ce soir, on reprend du service.

Pendant plusieurs minutes, Doyles avait tambouriné à la porte 11 sans que personne ne vienne lui ouvrir. Le père et son fils avaient eu le temps de le rejoindre et ils entrèrent pour prévenir la mère de famille que la gendarmerie voulait la voir. Cette dernière termina rapidement de se laver et enfila les premiers vêtements qui lui tombaient sous la main avant d'aller voir le capitaine Doyles. Conscient que dans sa précipitation il était passé pour un fou, celui-ci s'était excusé et avait dit qu'il attendrait la randonneuse au salon de l'hôtel.

Quand elle arriva, il lui exposa la situation, lui parla du SUV que son fils avait reconnu et lui demanda de lui indiquer la direction qu'elle avait prise. Le doigt posé sur la carte, la dame avait alors suivi le trajet, depuis l'Auberge de l'Archaz en direction des maisonnettes situées sur la piste des Lutins. La voiture avait tourné à droite et c'est là qu'elle avait klaxonné la mère et son fils avant de leur projeter un nuage de fumée dans le nez.

Doyles demanda s'ils avaient eu le temps de voir qui était à l'intérieur du véhicule. Cette dernière n'était pas vraiment sûre d'elle, mais elle se rappelait bien qu'il y avait un homme et une femme à l'intérieur. L'homme était au volant.

Quand Doyles lui montra la photo de Pascal Lerat, la randonneuse le reconnut tout de suite.

— Bon, c'est déjà ça, on va finir par le coincer ! Mais pourquoi il est passé dans la montagne ? dit-il à haute voix.

— Parce qu'on avait fait bloquer tous les autres accès et que les nouvelles vont vite dans le village, répondit Loïs qui entrait dans le salon en compagnie de Malo.

— Et la dame ? insista Doyles. Jeune, plutôt âgée ?

— Très âgée même.

— Vous avez une idée, les gars ? demanda Doyles aux officiers municipaux qui avaient troqué leur uniforme réglementaire pour un look de leur âge : baskets, jeans, et sweat-shirts à capuche.

Malo montra une photo au seul témoin qu'ils avaient en leur possession. Cette dernière prit le téléphone du policier. Elle passa plusieurs secondes dessus et dit enfin :

— C'est allé vite, je peux me tromper, mais je pense que c'était bien cette femme !

— Qui ça ? demanda Doyles en s'emparant du portable.

— C'est Lucille Ruaz, répondit Loïs en regardant par-dessus l'épaule du gradé. C'est pour ça qu'elle n'était pas chez elle. Il a dû l'enlever !

— Appelle-la, dit Doyles à Malo en lui donnant le papier griffonné sur lequel figurait le numéro de la vieille dame.

Le capitaine remercia la randonneuse et se tourna vers Loïs :

— Et vous n'avez rien remarqué ce midi quand vous êtes allés chez elle ? Le type était forcément dans la maison ! Vous ne l'avez pas vu ?

— Mais non, je vous jure, s'excusa Loïs Villard. À notre arrivée, elle revenait tout juste du défilé, elle avait toujours son costume. Et quand on lui a dit que Darevin était mort, ça lui a vraiment fait un choc.

— Elle était encore dehors quand vous l'avez vue, ou elle sortait de chez elle ?

— Euh… réfléchit Loïs.

— Ça ne répond pas, dit Malo en s'insérant de la discussion. Le portable est coupé.

— Appelle Saint-Jean et demande-leur de

le localiser. Si la carte SIM y est toujours, ils vont la trouver !

— D'accord, dit Malo, en reprenant le téléphone.

— Alors ? continua Doyles. Dedans ou dehors ?

— Elle est sortie !

— T'es sûr ? demanda le capitaine.

— Certain !

— Et c'est elle qui est venue à votre rencontre ou le contraire ?

— C'est elle qui est venue !

— Bizarre, dit Doyles en se frottant la tête. Et la lettre, elle était où ?

— Dans son bureau ! Elle nous a fait signe de l'attendre quand on s'en allait et elle nous a tendu le courrier !

— Il était là ! s'exclama Doyles. Il a dû sortir quand vous êtes partis et la menacer pour qu'elle vous donne l'enveloppe. C'était un alibi en béton !

— La pauvre dame, compatit Loïs. On lui a annoncé qu'il était mort et quand on part, il sort de je ne sais où et la menace ! répéta Loïs. Franchement, elle n'a pas eu de chance. C'est un peu l'histoire de sa vie, en fait !

Doyles ne comprit pas la remarque de Loïs, mais retourna voir la mère du petit chapardeur de portables qui avait maintenant rejoint sa famille au bar.

— Excusez-moi, une dernière chose ! La dame, elle était dans quel état ? demanda-t-il.

— Je ne sais pas, mais elle était vivante, elle a bougé la tête quand on est passé, comme si elle avait voulu nous dire quelque chose ! Mais la voiture allait vite, j'ai attrapé mon fils au vol sinon le type l'aurait écrasé. Un cinglé ce gars-là, pesta-t-elle. Il faut vraiment que vous le retrouviez !

— C'est bien ce que je compte faire ! déclara Doyles.

Il retourna ensuite en direction des deux jeunes policiers. En reprenant la carte IGN, il essaya de voir où la voiture avait pu se rendre.

— C'est pas dur, dit Malo qui avait raccroché après son dernier appel, c'est le chemin du facteur. Soit on va aux Trois Croix, mais il faut ressortir pile en haut du Télégraphe, et ça aurait vraiment semblé bizarre qu'un type se pointe là-bas en voiture, surtout avec tous les flics qui y étaient ; soit, ça mène à Valmeinier et si c'est le cas, ils peuvent déjà être en Italie à l'heure où l'on parle.

Doyles souffla. C'était perdu d'avance. À cet instant, son téléphone sonna et il reconnut son supérieur :

— Doyles, c'est Favre, on a localisé le portable !

Chapitre 20

20 heures.

— Comment ça, on ne peut pas avoir recours aux hélicoptères ? C'est pas possible quand même ?

Au téléphone, Doyles pesta tout en piétinant dans le bar de l'hôtel. Avec l'orage qui s'abattait sur la Maurienne et la couche de nuages flirtant avec le sol, aucun appareil n'était en mesure de décoller. Pour retrouver Lerat et Ruaz, le gendarme et ses hommes devraient se débrouiller par eux-mêmes.

— Ils sont où alors, Capitaine ? l'interrogea Loïs Villard. Qu'est-ce qu'ils vous ont dit ?

— Le téléphone de Lucille Ruaz a été localisé à Valmeinier, dans la montagne, près d'une église ou une chapelle.

— Elle a un nom cette chapelle ? s'exclama Malo.

— Notre Dame des Neiges ! répondit Doyles.

— Je contacte mon père ! lança Loïs en saisissant son portable.

Doyles se tourna vers Malo et lui demanda la raison de cet appel. Ce dernier haussa les épaules.

— Bon, c'est bien ce que je pensais, s'écria Loïs en raccrochant. À côté de Notre Dame des Neiges, il y a quelques maisons. Des chalets d'alpage, comme celui de Clovis cet après-midi…

— Okay, continue, dit Doyles voulant savoir la suite.

— J'en étais pas sûr, mais mon père me l'a confirmé. La famille du premier mari de Lucille Ruaz en possédait un là-haut, je pensais qu'elle avait tout vendu, mais quand vous avez parlé du lieu, je me suis souvenu qu'elle m'en avait touché deux mots il y a quelques années, disant qu'elle ne savait pas quoi en faire et que personne ne voulait acheter un truc aussi haut perché.

— Parce que c'est vraiment loin ? demanda Doyles en cherchant sur sa carte.

— C'est là, montra Malo en pointant du doigt la localisation sur la grande feuille étendue sur la table.

— On peut y aller en voiture ? continua le capitaine.

Les deux jeunes gens secouèrent la tête négativement.

— Y'a pas moyen, répondit Loïs. Par contre, comme vous pouvez le voir, il y a deux chemins pour s'y rendre. Le premier, celui qui part sur la gauche est assez raide et vraiment exposé au soleil…

— Pour ça, ce n'est pas un souci, l'interrompit le Normand en regardant tomber la pluie.

— Non, mais ça va être glissant continua Loïs. L'autre part sur la droite en direction du lac Vert. C'est plus facile, mais plus long aussi !

— Okay ! déclara Doyles en réfléchissant. Et quel est l'intérêt de Lerat à aller là-bas ?

— Passer en Italie, s'exclama Malo. C'est juste à côté et comme il n'est pas complètement idiot, il s'est dit qu'en voiture, on finirait bien par lui tomber dessus.

— C'est tordu quand même ! murmura Doyles. Et il nous faut combien de temps pour y aller ?

— L'aller-retour, c'est quatre heures, mais c'est une estimation, lança Loïs. En marchant bien, on y est en une heure, une heure trente. Je crois même que sur le panneau c'est noté une heure quarante. Donc on le fait facile plus rapidement. Si on prend à gauche, on grimpe pendant deux kilomètres et après on arrive à la Losa et c'est moins escarpé ensuite. Si on se dirige à droite, c'est le contraire, après une petite montée, on est sur du plat tout le fond de la vallée et après ça grimpe.

— Une heure, une heure trente, murmura Doyles, et combien de temps pour rejoindre le point de départ de notre petite randonnée ?

— Une demi-heure pour aller à la Chenalette et à cette heure-là, le parking ne sera pas complet, répondit Loïs en souriant.

— Bon alors, on est partis ! déclara le capitaine.

Les deux cousins jetèrent un coup d'œil par la fenêtre du bar et se retournèrent vers Doyles.

— Vous savez, avec le temps qu'il fait, il ne va pas nous échapper ! remarqua Malo. Et en plus, vous n'allez pas marcher habillé comme vous l'êtes à présent ?

Doyles se regarda de haut en bas. Il portait une chemisette blanche et un pantalon en lin clair. Le tout avec des chaussures en toile. Il avait laissé sa veste dans sa chambre. Málo avait raison. Il n'était absolument pas vêtu pour randonner.

— Vous mettez du combien ? demanda Loïs.

— 43, fit Doyles.

— Comme moi, répondit le policier municipal. Venez à la maison, on va vous trouver quelque chose. Si vous voulez vraiment qu'on y aille, il n'y a pas de temps à perdre.

Cette fois-ci, les cousins n'étaient pas sur la même longueur d'ondes. En entendant la proposition de Loïs, Malo souffla mais, en voyant le regard que lui infligea Doyles, il détourna la tête et partit en direction de la sortie.

L'essayage ne dura pas plus de cinq minutes. Loïs dégotta une vieille paire de chaussures de randonnée dans une armoire. Il donna au capitaine une veste technique, un sac à dos et un poncho pour protéger le tout.

Doyles regarda l'ensemble et sourit en se rappelant tous les touristes harnachés ainsi au début de l'orage. Finalement, il se dit que ce n'était pas bien de se moquer des gens. Pendant ce temps, Malo était parti se préparer chez lui et Loïs enfilait ses vêtements de marche.

— Loïs, lui lança Doyles, prends aussi ton *kit de survie* ! Tu sais, celui de tout à l'heure ! ajouta-t-il en lui faisant un clin d'œil.

Le jeune policier hocha la tête. Il n'avait même pas besoin d'aller le chercher, le sac était toujours dans la voiture. Quelques minutes après, Malo les rejoignit et les trois hommes partirent en direction de Valmeinier.

— On ne va quand même pas n'y aller que tous les trois, Capitaine ? demanda Malo en montant dans le 4 x 4.

— J'ai appelé Favre, il m'envoie un groupe d'intervention s'il peut, mais ça risque de prendre un moment entre le préfet qui joue au shérif et l'orage qui ne veut pas s'éloigner.

On sera arrivés avant eux. En plus, on n'est même pas sûrs qu'ils soient là-bas. On a localisé le portable de madame Ruaz, c'est tout, rien ne dit qu'il y a quelqu'un dans son chalet.

— C'est vrai ça, attesta Loïs en démarrant. Donc si je comprends bien, on y va, on vérifie qu'il y a du monde sur place et l'on attend la cavalerie.

— C'est à peu près ça ! confirma Doyles. Cette fois-ci, on ne prend pas de risque, il a un otage. Il y a déjà eu assez de morts aujourd'hui. Valloire, ça va finir par devenir pire que Caracas, la capitale du Venezuela.

Malo ne répondit rien, mais tapota sur son smartphone pendant que Doyles parlait.

— Quand même, Capitaine, y'a eu à peu près quatre mille personnes tuées là-bas en 2015, on en est loin.

— Encore heureux, assura Loïs en passant au niveau du hameau du col. Non, moi je sais ce qu'il faudrait faire.

Les deux compagnons de route le fixèrent et attendirent la fin de sa phrase. Voyant qu'un blanc s'installait, il reprit :

— Bah oui, je sais, c'est pas la peine de me regarder comme ça, on n'a qu'à interdire aux gens de mourir !

— Ça, c'est sûr, acquiesça Doyles, c'est comme pour inverser la courbe du chômage, on n'a qu'à interdire les licenciements !

— Non, mais je ne rigole pas, continua Loïs. Cela existe vraiment. J'ai un copain, Benjamin, qui a lu ça hier sur internet. Il y a un bled en Norvège, à Longyearbyen – je ne sais pas comment ça se prononce, mais c'est pas grave, sourit-il. Bien, là-bas, t'as pas le droit de mourir, parce que comme le sol est gelé en permanence, les corps enterrés ne peuvent pas se décomposer. Et cette loi-là, elle existe aussi dans certains villages de France !

— T'es vachement culturé, toi quand même ! le félicita son cousin.

— Cultivé, le contredit Doyles ! On dit cultivé, Malo !

— Ah non, sauf votre respect Capitaine, cultiver, c'est faire pousser des patates dans le jardin. Quand on connaît plein de trucs comme Loïs, on est culturé !

Doyles leva les yeux au plafond de la voiture et secoua la tête.

— Si tu veux, souffla-t-il, mais en vrai, on dit être cultivé !

— Ouais peut-être, j'en sais rien, pesta Malo, mais à Albanette aussi, il y a des règles comme ça. Je ne m'en souviens plus, mais quand j'avais lu le panneau, j'avais trouvé ça drôle ! conclut Malo en pointant le petit village de l'autre côté de la vallée.

Doyles regarda les quelques maisons qui

essayaient de sortir des nuages et se focalisa ensuite sur la route. Les chaussures de randonnée lui faisaient un mal de chien et il se demandait bien comment il allait réussir à marcher une heure au moins sous la pluie avec de tels engins de torture.

Après une bonne demi-heure, le 4 x 4 arriva enfin à Valmeinier. Entre-temps, sur ordres du capitaine, Malo avait appelé le policier du village pour qu'il vienne leur donner un coup de main. Le gars était assez bourru, pire que Doyles. Il travaillait pour la municipalité depuis plus de trente ans et partir à la recherche d'un *bandit* ne l'enchantait guère.

— C'est ça, Valmeinier ? demanda Doyles quand les premières habitations firent leur apparition sur la gauche de la route.

— Là, c'est le village, à 1 500 mètres d'altitude, avec l'église et quelques pistes de ski. C'est ici qu'on arrive quand on traverse depuis l'autre côté l'hiver. On descend l'Armera, le Grapil ou bien les Grandes Drozes et après il y a un télésiège. Avant c'était plus rigolo, on prenait des bennes, dit Loïs. On restait debout avec nos skis à la main et quand on était au milieu du trajet, juste au-dessus de la rivière, ça s'arrêtait quasiment. À chaque fois qu'il y avait des gens qui ne connaissaient pas avec nous, on leur faisait croire que c'était cassé et qu'on allait devoir attendre là toute la journée. Ça leur foutait une de ces trouilles ! se gaussa-t-il.

— Et plus haut, reprit Malo, c'est Valmeinier 1 800, où se trouve la majorité des immeubles et des pistes. C'est pas du tout comme Valloire, l'été c'est un peu moins vivant.

— C'est même carrément mort ! déclara Loïs.

— Chut ! l'arrêta Malo, dis pas ça, on sait jamais s'il y avait des oreilles indiscrètes. Après, ils pourraient venir nous critiquer et dire qu'on fait du favoritisme !

— Non, c'est vrai, se reprit Loïs, c'est différent, mais il en faut pour tous les goûts ! Il y a des super pistes l'hiver, et l'été, de belles randonnées. Justement vers le Thabor, comme celle qu'on va presque faire dans…

Loïs n'eut pas le temps de terminer sa phrase qu'ils arrivaient au parking où Gaspard Delagrange, le policier municipal de Valmeinier, les attendait.

— On y est ! s'exclama Malo. Par contre, murmura-t-il en se rapprochant du capitaine Doyles, pas un mot sur ce qu'on vient de dire au gars Gaspard, il n'est pas aussi intelligent que nous, il ne comprendrait pas que c'était du troisième degré.

— Du second degré, Malo, le reprit Doyles !

— Hein ? répondit le jeune homme en se détachant. Non, troisième, faut vraiment être malin pour nous suivre !

Doyles rigola intérieurement. La voiture s'arrêta. La pluie continuait de tomber sans interruption, mais l'orage avait décidé d'aller visiter un autre massif. Les éclairs et les coups de tonnerre avaient disparu. Il n'y avait plus qu'à espérer que la couche de nuages remonte pour que les hélicoptères puissent repartir.

— C'est vous, le flic de la vallée qui vient nous emmerder un soir de 15 août ? déclara Gaspard en refusant de serrer la main que Doyles lui tendit. C'est pas de mon ressort, ça ! Je sais même pas pourquoi j'ai dit oui à l'autre idiot, s'exclama-t-il en pointant Malo du doigt. Il pleut comme vache qui pisse, on va être trempés pour monter.

Bonjour pour l'accueil, se dit le capitaine.

— Monsieur Lagrange, c'est ça ?

— Delagrange ! le reprit Gaspard. Et ici, on m'appelle pas monsieur, c'est clair ? Moi, c'est Gaspard !

— Bon, alors Gaspard, moi non plus ça ne m'enchante pas du tout de marcher sous la pluie, ni même d'être ici, mais on n'a pas le choix. On vous a demandé si vous vouliez bien nous aider et vous avez accepté ! Donc, on va faire simple. Maintenant, c'est moi qui dirige, d'accord ! Et si vous n'êtes pas satisfait, vous remontez dans ce qui vous sert de voiture et vous rentrez chez vous voir Bobonne !

— Bah, euh, euh, euh ! répondit Gaspard qui n'avait pas l'habitude de se faire réprimander de la sorte.

— Alors, vous choisissez quoi ? lui dit Doyles en le regardant droit dans les yeux.

— Je reste, assura Gaspard, mais c'est bien parce que vous le demandez gentiment ! Et aussi parce que la grosse bagnole que vous cherchez, l'Audi Q7 blanche immatriculée en Suisse, elle est stationnée un peu plus haut sur le chemin. Pile à l'intersection entre les deux sentiers.

— Parfait ! s'écria Doyles. Maintenant, il n'y a plus qu'à mettre la main sur le conducteur. En espérant qu'on n'arrive pas trop tard !

Le capitaine expliqua à sa troupe qu'ils feraient deux équipes. Malo et Doyles prendraient à gauche et Gaspard et Loïs s'aventureraient par le fond de la vallée, au cas où Lerat déciderait de se faire la malle par l'un ou l'autre sentier. Le premier groupe arrivé attendrait ensuite le second et personne n'interviendrait avant que les renforts ne soient sur place.

Après presque une heure trente de marche sous la pluie, à glisser sur le sol qui se dérobait sous leurs pieds, à crapahuter dans des torrents d'eau dévalant le long du sentier et aussi avec au moins une bonne grosse ampoule sur chaque talon, Doyles et Malo arrivèrent les premiers au petit hameau de Notre Dame des Neiges. Des quelques maisons présentes sur place, une seule montrait des signes de vie.

Malo et Doyles se positionnèrent le mieux possible pour essayer de voir quelque chose, mais à part la lumière, ils ne remarquèrent rien d'anormal.

— C'est celle-là ? chuchota le capitaine en chassant les gouttes d'eau qui descendaient le long de son front et lui coulaient sur le nez.

— D'après mon tonton, c'est la deuxième, donc c'est la bonne.

— Mais c'est la deuxième de quel côté ? insista le normand.

— De celui-là !

— T'en es sûr ?

— Sûr ! affirma Malo.

La pluie devenait de plus en plus fine et la couche de nuages commençait à se dissiper.

— Maintenant, il n'y a plus qu'à attendre Loïs et Gaspard pour qu'ils bloquent l'autre accès. Et dès que les renforts arrivent, on intervient ! affirma le capitaine.

Au même moment, une forme sortit du chalet. Dans la pénombre du début de soirée couplée aux nuages toujours présents, ils ne purent dire qui était cette personne. Elle se dirigea vers un abri à bois et s'arrêta, comme si elle sentait qu'elle était épiée. Elle regarda dans toutes les directions. Doyles et Malo se tapirent dans l'herbe pour ne pas être repérés. Ne voyant pas de menace, la silhouette relâcha sa garde, se saisit de quelques bûches et…

Starsky et Hutch, tintintintintintin tin, Starsky et Hutch…

— Mais c'est quoi ce bordel ? s'écria Doyles en se retournant vers Malo.

— C'est mon portable ! fit-il en essayant de trouver l'objet du délit qui hurlait le générique de la célèbre série télévisée.

— Mais coupe-moi ça, bon sang ! lui ordonna Doyles.

— Je le trouve pas, avec le poncho, il doit être dans une poche !

Le bruit apeura le ramasseur de bois. Doyles leva la tête et le vit courir en direction du chalet. Tout à coup, les lumières s'éteignirent. Plus rien ne bougea.

Malo mit la main sur son portable. Son grand écran illumina l'endroit où il était tapi. Un coup de feu résonna.

Chapitre 21

Notre Dame des Neiges, Valmeinier, 22h.

Bang

Loïs courut les derniers mètres pour rejoindre la chapelle. De là, il aurait une meilleure vue sur les quelques chalets. Gaspard arriva un peu après lui, tout essoufflé.

— Bigre ! Si on m'avait annoncé que je monterais ici ce soir, je n'aurais pas pris l'apéro de dix-sept heures !

— Dix-sept heures, c'est le goûter, Gaspard, pas l'apéro ! rectifia Loïs en secouant la tête.

Gaspard réfléchit quelques secondes à la remarque de son alter ego Valloirin.

— Ah ouais, c'est vrai ! C'est pour ça que j'étais le seul à prendre un pastis alors !

— On s'en fout, s'énerva Loïs. Il y a plus important, t'as entendu, on aurait dit un coup de feu !

— Mais vous n'y connaissez rien, vous, les jeunes, c'est l'orage qui revient ou alors…

— Ou alors quoi ? l'interrompit Loïs.

— Bah, j'ai comme des gaz depuis ce

midi, ça doit être les choux de Bruxelles, je digère pas !

— Et quand tu pètes, ça fait le bruit d'un coup de feu ? l'interrogea le jeune homme de Valloire. Vous êtes bizarres ici !

— Non, t'as raison, quelqu'un a fait feu ! se reprit Gaspard.

Loïs fit signe à Gaspard de se taire. Il tendit l'oreille, mais plus rien.

— Je vais essayer d'appeler Malo. J'espère que c'est pas sur eux qu'on a tiré !

— Meuh non, gamin ! le rassura Gaspard. On vise pas les gens comme ça, ici. Peut-être à Valloire, mais pas chez nous, c'est beaucoup plus sûr.

— Je ne comprends pas, dit Loïs, il ne répond pas, on devait bien s'appeler en arrivant.

— On avait surtout dit qu'on bloquerait le passage en cas de fuite et qu'on ne ferait rien en attendant les gendarmes. Donc moi, j'obéis, lui expliqua Gaspard en s'appuyant sur la porte de la chapelle. En plus, ici, on est au sec !

Loïs sortit des jumelles à vision nocturne de son *kit de survie* et scruta les différents chalets ainsi que les environs.

— Ça bouge là-bas, dit-il à Gaspard en pointant du doigt l'une des habitations.

— Ah ouais, acquiesça son collègue de Valmeinier. Bah c'est bien. Ils sont peut-être en train de prendre l'apéro avec du saucisson sec.

— Mais tu ne penses qu'à bouffer et à boire, toi ! C'est pas possible quand même !

Pschitt !!

— Tiens, répondit Gaspard en tendant une bière à Loïs, même si c'est pas possible, ça va nous permettre d'attendre tranquillement. J'ai du fromage aussi dans mon sac, un morceau ?

Loïs refusa la bouteille et le reste.

— Tu fais ce que tu veux, mais moi je vais voir. Si ça se trouve, Malo et le capitaine ont besoin de nous. On ne va pas se poster là et boire un coup !

— Moi je suis les ordres. Ton capitaine, il a dit de rester et de ne pas bouger. Alors c'est ce que je compte faire !

— Ouais, bah moi les ordres, j'ai jamais aimé ça, répondit Loïs en fouillant dans son sac.

Il sortit à nouveau ses deux pistolets et comme dans un jeu vidéo, il se faufila à travers les différents chalets jusqu'à parvenir à proximité de celui dans lequel il avait aperçu du mouvement. Loïs tendit l'oreille et discerna deux voix distinctes qu'il reconnut instantanément. Il prit ses deux armes en main et se positionna devant l'entrée. Il leva la jambe droite et d'un grand coup de pied, il fit voler la porte en éclat.

Chapitre 22

Hameau d'alpage, Notre Dame des Neiges, 22h.

— Mais qu'est-ce qu'il fait ce con ?

Doyles et Malo s'étaient mis à l'abri alors qu'un morceau de roche explosait à quelques mètres d'eux. Pendant plusieurs minutes, ils avaient fait le mort, afin de ne pas offrir une cible facile à présent que la sonnerie du téléphone les avait trahis.

Après plusieurs minutes de calme, Doyles releva la tête et c'est à cet instant qu'il le vit.

— LOIS !!!! hurla Doyles quand ce dernier enfonça la porte du chalet.

Trop tard, il était entré. Il n'avait pas dû l'entendre l'appeler. Doyles saisit son revolver et courut en direction de la petite habitation. En guise d'arme, Malo prit un caillou qui se trouvait à proximité et s'élança après le capitaine.

Ils arrivèrent tous les deux devant le chalet. Doyles fit signe à Malo de ne pas bouger. Il fallait absolument venir en aide à Loïs. Il passa la tête par l'encoignure de la porte et une forme se dressa devant lui. Surpris, Doyles fit un pas en arrière et Loïs apparut sur le seuil.

— Mais bordel ! vociféra le capitaine à voix basse. Qu'est-ce que tu n'as pas compris dans « on attend les renforts » ?

— J'ai entendu un coup de feu et j'ai cru que vous étiez en danger ! J'y peux rien, je suis comme ça, il faut que j'intervienne, c'est dans ma nature ! se félicita Loïs.

Malo se jeta dans les bras de son cousin, ravi de le retrouver.

— J'ai essayé de t'appeler, lui dit Loïs, mais je suis tombé sur ton répondeur !

— Ouais, mais j'ai dû le couper, il a sonné et on s'est fait repérer !

Doyles leur fit signe de se taire :

— Maintenant, c'est sûr, il sait qu'on est là, pesta-t-il, on n'a plus le choix, il faut qu'on mette la main sur lui avant qu'il ne soit trop tard !

Les cousins hochèrent la tête et Loïs déclara :

— J'ai entendu des voix à l'étage quand je suis arrivé. Un homme et une femme ! C'était Darevin, enfin Lerat et Lucille Ruiaz, j'en mettrais ma main à couper !

— Garde-la où elle est ! répliqua Doyles. Elle pourra toujours servir. Et Gaspard ? Il est où ?

— Il boit une bière à la chapelle ! Il m'a

dit qu'il suivait vos ordres ! rétorqua Loïs.

— Au moins un à qui l'on peut faire confiance ! lâcha Doyles.

Pendant que Loïs et Doyles discutaient, Malo s'était aventuré dans le chalet et avait trouvé un escalier de bois menant à l'étage. Il tendit l'oreille, mais n'entendit aucun son.

— Capitaine ! susurra-t-il. Par là !

Doyles arriva. Revolver au poing, il passa devant et monta les marches sur la pointe des pieds. Les deux policiers le suivirent de près. Trois pièces fermées donnaient sur le palier. Une pour chacun. Ce fut Malo qui fit le premier geste.

Avec son index droit, il pointa en direction de celle de gauche. À l'intérieur, il lui avait semblé entendre des bruits étouffés, comme si quelqu'un pleurait. Doyles se positionna devant. Il fit signe aux jeunes gens de rester derrière lui et tourna légèrement la clenche. Le bois craqua délicatement quand elle s'ouvrit et, à la lueur d'une bougie, deux formes apparurent sur le sol.

— Merde, on est arrivés trop tard ! s'écria Doyles en s'élançant vers le corps inerte de Lucille Ruaz.

La vieille femme était en position fœtale et ne semblait plus respirer. À côté d'elle était allongé Pascal Lerat. Doyles se pencha sur l'octogénaire et lui prit le pouls. Son cœur battait encore. Il la mit en PLS et elle ouvrit les yeux.

— Tout va bien, lui murmura le capitaine, vous n'avez plus rien à craindre, on est là !

Pendant ce temps, Malo et Loïs se penchèrent sur Pascal Lerat. Ce dernier était toujours vivant, mais bien assommé. Les cousins le menottèrent et lui entravèrent les pieds avec une corde que Loïs avait dans son sac.

Face à la scène qu'ils avaient devant les yeux, les trois hommes comprirent qu'une bagarre avait dû éclater entre les deux personnes et que madame Ruaz, bien que mal en point, était parvenue à assommer son agresseur.

Dans la pièce ne se trouvaient qu'un lit et une petite table. Doyles et Loïs posèrent leurs armes sur cette dernière pendant qu'ils s'occupaient de remettre sur pied Lucille Ruaz. Au bout de quelques minutes, elle reprit des couleurs et les remercia chaleureusement.

— Heureusement que vous êtes arrivés. Je ne sais pas ce qu'il avait en tête, mais je ne suis pas sûre que j'aurais vu les rayons du soleil demain matin. C'est grâce à vous que j'ai pu l'assommer. Quand j'ai entendu que quelqu'un avait donné un coup dans la porte, je me suis jetée sur lui. Je ne suis plus toute jeune, mais j'ai encore de la force dans les bras ! s'exclama-t-elle en touchant ses petits biceps. Il a essayé de m'étrangler, mais j'ai saisi la première chose que je pouvais et je lui ai tapé sur la tête. Il est tombé d'un coup !

En regardant la vieille dame, Doyles poussa un ouf de soulagement. Il ne s'attendait pas à quelque chose de si facile. Finalement l'intervention de Loïs avait été bénéfique. C'est grâce à lui qu'elle s'en était tirée.

Pendant que Doyles écoutait la mamie, Malo et Loïs essayèrent de réveiller Pascal Lerat. Ils le secouèrent légèrement et après quelques tentatives infructueuses, Malo lui fit sentir un flacon de menthe forte qu'il avait toujours sur lui en cas de malaise. L'odeur sortit immédiatement Lerat de sa torpeur. Plusieurs fois, il plissa les paupières et difficilement, il ouvrit les yeux. Puis, d'un coup, il comprit qu'il était attaché. Il secoua la tête, les bras et les jambes, mais ne réussit pas à s'enfuir. Les cousins avaient fait du beau boulot.

Doyles laissa Lucille Ruaz quelques instants et se pencha vers Lerat.

— Alors, c'est vous Piotr Darevin ? Ou plutôt devrais-je dire Pascal Lerat ? demanda Doyles en connaissant parfaitement la réponse. Ça fait plaisir de vous voir, sourit-il. Vous avez tellement de choses à nous dire. Vous êtes en état de parler ?

Lerat essaya bien de dire quelque chose, mais le bâillon que lui avaient enfoncé Malo et Loïs, l'empêchait de prononcer quoi que ce soit.

— Ah oui, désolé, ironisa Doyles, ça va être compliqué avec un chiffon dans la bouche. Malo, tu peux lui retirer ça, s'il te plaît, que je puisse entendre ce que le monsieur a à me dire ?

Le jeune breton exécuta l'ordre de son supérieur et tira sur le morceau de tissu. Lerat se passa la langue sur les lèvres pour les réhydrater puis il se mit à sourire :

— C'est marrant la vie quand même. Elle ne tient qu'à un fil. Vous êtes vivant et *bam,* tout à coup vous êtes mort ! Une vraie loterie, n'est-ce pas Lucille ?

Les trois hommes tournèrent leur regard vers le lit. L'octogénaire n'y était plus.

Clic !

Chapitre 23

Chalet d'alpage, Notre Dame des Neiges, 22h15.

— À genoux !

Doyles et ses acolytes eurent besoin de quelques secondes pour comprendre ce qui était en train de se passer. À quelques mètres d'eux, Lucille Ruaz tenait dans les mains une carabine de chasse et venait de mettre en joue les trois hommes. Loïs regarda en direction de la table, mais ses armes et celle de Doyles n'y étaient plus.

— Faut pas laisser son pistolet sans surveillance mon petit, se moqua la vieille Lucille.

— Madame Ruaz, dit Doyles en tendant la main dans sa direction. Baissez cette arme ! Souvenez-vous, je suis gendarme, je suis le capitaine Doyles et ce sont Loïs et Malo de la police municipale de Valloire, nous venons de vous sauver !

— De me sauver de qui ? rugit-elle. De lui ? Parce que vous croyiez que j'étais en danger ? Mais capitaine, vous tombez du nid ou quoi ? Ce n'est pas ce petit malfrat, cet usurpateur, qui allait me faire peur ! J'en ai vu des pires au cours de ma vie !

— Madame Ruaz ! Lucille ! Baissez cette arme, vous n'êtes pas dans votre état normal ! On peut se parler ! reprit Doyles en faisant un pas en direction de la Valloirinche.

Bang

Un coup de feu éclata aux pieds du capitaine qui recula aussitôt.

— J'ai dit « à genoux » ! Vous ne parlez pas français ?

Les trois hommes s'exécutèrent sans comprendre le comportement de Lucille Ruaz.

— Tiens, toi, l'intello, dit-elle à Malo, t'es breton, c'est ça ?

— Oui madame, répondit-il.

— Bien, alors tu sais faire des nœuds ?

— Euh ?

Bang !

À nouveau, elle tira en direction de Malo. La voyant recharger, Doyles se leva, mais la mamie était bien plus rapide qu'il ne l'imaginait. Elle lui pointa le canon de son arme entre les deux yeux et lui dit de reprendre sa position.

Malo attrapa la corde que lui jeta Lucille Ruaz et attacha ses compagnons.

— Et tu serres bien ! C'est pas la peine

de s'appeler comme une ville de corsaires si c'est pour me faire un nœud pourri !

— Oui, madame ! répondit Malo.

Une fois Doyles et Loïs solidement entravés, ce dernier attacha Malo à son tour et les trois hommes prirent place à côté de Pascal Lerat qui regardait la scène en se délectant du spectacle.

— Et toi, Lerat, puisque c'est comme ça que tu t'appelles, arrête de rire, ou je te pète les dents ! vociféra la vieille. C'est clair ?

Lerat sourit une nouvelle fois, mais en fermant bien la bouche. Pendant ce temps, Malo se retourna vers Doyles et lui dit :

— C'est pas marrant, mais à chaque fois qu'on enquête avec vous, on se retrouve dans cette position.

— Non, c'est pas marrant, le rassura Doyles, c'est vrai que deux fois, ça commence à faire beaucoup !

La grand-mère les regarda et leur hurla dessus :

— Qu'est-ce que vous dites, tous les deux ? N'essayez pas de vous échapper ou bien je vous vide mon chargeur dans les boyaux ! Je l'ai déjà fait avec mon premier mari. Enfin, c'était dans la tête, mais c'était la même carabine, je sais m'en servir, ne vous en faites pas.

— Parce que… commença Loïs.

— Parce que quoi ? demanda la mémé.

Parce que tu croyais que ce n'était que des ragots ? Qu'on m'appelait « la veuve noire » juste pour rigoler ? Ils avaient raison ces cons-là, c'est moi qui les ai tous tués, mes trois bonhommes, rectifiés ! Fallait pas me prendre pour une cloche. Le premier, il m'a trompé, je l'ai buté. Le deuxième, je l'ai suicidé et le dernier, il m'a trahi, lui aussi, un peu comme Lerat là, et il a fini sous les roues de ma voiture.

Doyles et ses compagnons regardèrent Lucille Ruaz sans comprendre.

— Ah oui, vous n'êtes pas au courant, vous ! dit-elle en voyant leurs airs ahuris. Je l'ai trouvé chez moi, ce midi occupé à vider mes tiroirs. Il était en train de me prendre mes sous, mes bijoux et tout ce qui a de la valeur. Tiens, juste avant que vous n'arriviez, vous, les deux rigolos !

— À quelques minutes près, tu n'en aurais jamais rien su ! déclara Lerat en ouvrant à nouveau son clapet.

— Je t'avais dit de la fermer, lui lança-t-elle.

Elle s'avança vers lui, retourna son arme et lui mit un gros coup de crosse dans la bouche. Doyles et les autres eurent mal pour lui. Lerat releva la tête et cracha trois dents ainsi que pas mal de sang.

— Si tu la rouvres encore, je recommence, c'est clair ?

Cette fois-ci, il ne sourit plus, mais ne lâcha pas son regard.

— Bon, j'en étais où ? se demanda-t-elle. Ah oui, le voleur ! Donc, je le vois et là, il me pousse en me disant qu'il a besoin de mon pognon, qu'il doit se tirer et que je ferais mieux de la fermer. C'était mal me connaître. J'ai fait mine de le laisser faire, j'ai sorti ma carabine du placard et quand il s'est retourné, je la lui ai collée entre les deux yeux. Il n'a rien vu venir ! Il a voulu marchander, ce voyou, comme si j'étais du genre à me laisser faire, résultat, je lui ai mis un coup dans les roubignoles. Ça fait mal, il paraît ! Et après je l'ai attaché dans le bureau. C'est à ce moment que vous êtes arrivés avec la nouvelle de sa mort ! J'ai bien joué la comédie quand même !

Les deux policiers restèrent muets, mais cela ne plut pas à la vieille :

— Répondez ! hurla-t-elle.

— Oui, madame ! s'exclamèrent-ils à l'unisson.

— Merci ! Vous voyez, Capitaine, ce sont des garçons bien élevés. Pas très malins, mais bien élevés. Je vous dis que j'ai bien joué la comédie parce que j'ai suivi des cours de théâtre quand j'étais à Lyon et à Paris. J'ai toujours aimé ça, me faire passer pour quelqu'un d'autre. Et Lerat aussi d'après ce que j'ai appris ! Enfin…

La mamie parlait à n'en plus finir sans que personne comprenne vraiment ce qu'elle disait. Les mains dans le dos, Doyles essayait tant bien que mal de se défaire des nœuds de Malo. Ce dernier avait des défauts, mais il en connaissait un rayon sur ce point-là. Doyles ne s'avoua pas vaincu.

— Madame Ruaz, dit-il en continuant son stratagème, il y a des choses que je ne comprends pas. La lettre par exemple ?

— Ah oui, la fameuse lettre. C'est moi qui l'ai écrite ! Je ne sais pas pourquoi, mais comme ils m'ont dit que Darevin était mort, j'ai trouvé que c'était un bon moyen pour me débarrasser de l'autre ignoble individu sans que personne ne soit au courant. Au village, Darevin, c'est lui. Donc s'il était parti depuis la veille, personne ne le rechercherait. J'ai écrit cette lettre que j'ai bien entendu donnée à vos collègues.

Doyles hocha la tête et reprit ses questions :

— Et comment avez-vous su pour l'usurpation d'identité ?

— Vous êtes aussi idiot que les deux autres ou quoi ? lança-t-elle. C'est un critère à remplir pour travailler dans la police ?

— Je suis gendarme, Madame ! lui rappela Doyles.

— Ouais, c'est pareil ! Comment j'ai su ? Grâce à vos deux zigotos. Darevin ne pouvait être mort vu qu'il était dans ma cuisine. Ou alors, il y avait deux Darevin ? Quand vos gars sont repartis, je lui ai retiré le chiffon qu'il avait dans la bouche. C'est là qu'il m'a tout expliqué. De toute façon, il n'avait pas le choix, c'était ça où je le plombais sur place !

Elle termina sa phrase en regardant Pascal Lerat qui crachait encore du sang.

— Je lui demanderais bien de vous expliquer, mais là, il n'est pas en état. Attention Pascal, dit-elle en le fixant, ça coule !

— Expliquez-nous alors ! reprit Doyles.

— D'accord, après tout, vu que je vais me débarrasser de vous après, ça ne me coûte rien.

La vieille dame se fit craquer le dos et, tout en continuant à les viser avec sa carabine, elle commença son récit :

— D'après ce qu'il m'a dit, il a rencontré Piotr Darevin l'année dernière. Le type avait voulu un guide pour visiter les Alpes et trouver une petite station dans laquelle il pourrait implanter un beau concept de ski-nature. Il lui a présenté tout son projet et forcément, c'est tombé chez nous. Qui n'aimerait pas vivre à Valloire ? Je vous le demande.

Doyles pensa bien qu'il préférait retourner en Normandie ou peut-être même accepter sa mutation en Guyane plutôt que de passer douze mois coincé entre deux flancs de montagne.

— Le problème c'est qu'à la fin de sa petite visite, le vrai Darevin a reçu un coup de téléphone. Tout ce qu'il possédait était gelé. Une sombre histoire de magouilles d'après ce que j'ai compris. Il n'avait plus un rond à dépenser. Désespéré, il expliqua que, même s'il n'avait plus les fonds suffisants, avec beaucoup de persuasion et de beaux discours, il pourrait facilement vivre au moins un an aux crochets de tout le monde. Lerat, ce filou, a tout de suite saisi l'occasion. Quand le Russe est parti, disant qu'il le recontacterait s'il parvenait de nouveau à avoir les moyens de s'implanter, Lerat a pris son identité et a présenté le projet comme si c'était le sien. Tout le monde est tombé dans le panneau, moi y compris !

Pendant son petit discours, la mémé se dirigea vers Lerat et lui caressa les cheveux.

— C'est vrai, un beau gars, comme ça, on lui aurait donné le Bon Dieu sans confession. En plus, il était tellement cultivé, ça me rappelait mes années à Lyon et à Paris. Avec lui, je pouvais parler de plein de choses. Je me demande même comment il faisait pour savoir tout ça !

Pascal Lerat leva la tête et lui sourit avec sa bouche sanguinolente.

— Pas la peine d'expliquer, Lerat, ça ne

m'intéresse plus. Et donc, moi, je suis tombée dans son piège, comme une midinette et j'ai commencé à payer ses dettes. Je m'en moque, après tout j'ai plein d'argent. C'est pas ça le problème. Moi, ce que je déteste, c'est qu'on me mente. Et là, celui-là, il a fait fort. Voilà l'histoire, les amis. Ça a duré comme ça toute la saison d'hiver et jusqu'à hier avec le retour du vrai Darevin. Donc quand cette crapule m'a dit tout ce qu'il avait fait, j'ai pris une grande inspiration et mes pulsions meurtrières ont refait surface. Après tout, j'en avais déjà tué trois. Pourquoi pas quatre ? Certes, on n'est pas mariés, mais ça change quoi ?

Depuis plusieurs minutes, la mamie montrait des signes de fatigue. La marche vers Notre Dame des Neiges sous la pluie couplée à une longue journée commençait à lui peser.

— Et pourquoi venir ici ? demanda Doyles.

— Pourquoi pas ? répondit-elle. C'est reculé, tranquille et avec l'orage, il n'y avait personne pour nous voir. Il a bien essayé de me fausser compagnie ce petit con, mais je le surveillais bien. Vous croyez quoi ? Qu'à mon âge on ne sait plus crapahuter dans les montagnes ? Je suis aussi souple qu'un cabri !

— D'accord, d'accord ! lança Doyles.

Mais alors pourquoi a-t-il tué Darevin ?

— C'est une bonne question, Capitaine ! Parce que c'est un lâche, c'est tout. Quand Darevin l'a rappelé, il a pris peur. Il a décidé de l'éliminer. Il s'est servi de son piolet qu'il avait trafiqué comme un parapluie bulgare pour lui piquer la jambe avec du curare et l'empoisonner qu'il m'a dit tout fier de lui. Le type a bien senti le coup d'aiguille, mais cette ordure, il a fait comme si de rien n'était. Je vous avais prévenu, c'est une crapule. J'ai pris le piolet avant de l'emmener ici mais je l'ai laissé est au rez-de-chaussée. Je ne savais pas comment j'allais me débarrasser de lui. J'aurais pu m'en servir sur lui. Il ne mérite rien d'autre que la mort, s'écria-t-elle en armant sa carabine.

Doyles essaya bien de défaire ses liens pour se jeter dessus, mais il ne réussit pas. De leur côté, Malo et Loïs semblaient résignés. Lerat, lui, ne bougeait plus, trop occupé à ne pas s'étouffer avec son sang.

— Bon, je commence par lequel ? demanda la mémé en pointant les quatre hommes les uns après les autres. Allez, au hasard, déclara-t-elle. Je compte jusqu'à trois et je tire sur le premier venu. Un… Deux…

Boum !

Chapitre 24

22h30

La surprise fut totale. Personne n'aurait pu parier que le corps qui tomberait au sol serait celui-ci. Le bruit fut sourd. Comme une statue renversée de son piédestal, la mamie s'effondra par terre.

— … Trois ! conclut Gaspard, en regardant la bouteille qui venait d'assommer Lucille Ruaz, avant de chercher à en absorber les dernières gouttes de bière.

Les quatre hommes regardèrent le grand gaillard appuyé sur le cadre de la porte.

— Brafo, bien foué, s'écria Pascal Lerat en crachant une nouvelle dent.

— C'est qui celui-là ? demanda Gaspard en scrutant la tête ensanglantée de Lerat.

— C'est le gars qu'on cherchait ! déclara Doyles.

Le policier municipal de Valmeinier plissa les lèvres et en passant son regard sur Lucille Ruaz et ensuite sur Lerat, il continua :

— Bah, vous vous êtes bien trompés, les mecs ! rigola-t-il. C'est pas une pauvre vieille comme ça qui vous a tous mis dans cet état quand même ?

— Faut pas se fier aux apparences, Gaspard ! répondit Loïs. Tu vois, je m'étais aussi trompé sur toi, je pensais que t'étais qu'un gros soûlard, pas capable de prendre des initiatives et en fait, t'es juste gros.

Gaspard sourit une nouvelle fois, montrant sa belle dentition remplie de chicots pourris et lui jeta le couteau qu'il portait toujours à la ceinture.

— Tiens, détache-toi et tes copains aussi, pendant que je m'occupe de mamie zinzin ! Et puis, je suis pas gros, un peu enveloppé, mais pas gros ! ronchonna-t-il.

— Non, Gaspard, se moqua Malo, c'est Obélix qu'est un peu enveloppé. Toi, t'es vraiment gros ! Mais t'es sympa en fait. Merci d'être venu, parce que sinon, on ne donnait pas cher de notre peau à tous les trois.

— Tous les quafre, répliqua Lerat !

— Non, toi on s'en fout ! dit Loïs après avoir retiré ses liens. Tu vois, j'espérais même qu'elle commence par toi ! Tu nous as tellement pris pour des imbéciles pendant un an que tu n'aurais mérité que ça. Et le pauvre Darevin, tué comme un chien, paralysé en attendant la mort dans la montagne, tu crois que c'était humain, ça ! T'es une ordure !

— Et dire que tu t'es battu pendant un an pour que son projet foire, répliqua Malo en regardant son cousin qui le détachait. T'as perdu ton temps, il ne pouvait rien faire, le gars !

Doyles attendit d'être libéré et partit dans l'instant vérifier que Lucille Ruaz ne pouvait plus rien contre eux. Dans les minutes suivantes, ils entendirent le bruit d'un hélicoptère.

— Tiens, déclara Doyles, c'est la cavalerie qui débarque, avec un temps de retard ! Comme toujours !

Le commandant Favre arriva avec sa brigade d'intervention. Les super-gendarmes se positionnèrent rapidement autour du chalet et pénètrent les uns après les autres pour rejoindre l'étage.

La première chose qu'ils firent fut de pointer leurs armes sur Gaspard, Loïs et Malo. Les trois policiers municipaux n'eurent pas le temps de dire un mot qu'ils étaient déjà agenouillés et menottés. En entrant, Favre permit à Doyles de ne pas finir menotté à son tour. Après que ce dernier eut expliqué la situation à son supérieur, ses collègues furent relâchés.

Pendant ce petit laps de temps, Doyles ne lâcha pas une seule seconde Lucille Ruaz du regard. La vieille dame avait repris connaissance avec l'arrivée des gendarmes. Après ce qu'il venait de se dérouler, le capitaine était persuadé que cette dernière essayerait par tous les moyens de profiter de la confusion qui régnait dans la pièce pour prendre la poudre d'escampette. Cela ne manqua pas. À l'instant où le médecin présent avec les gendarmes termina ses soins et se dirigea vers Lerat, cette dernière tenta de se faufiler vers la sortie.

Favre ne comprit pas ce qui se passa. Il était en train de faire le point avec son capitaine quand celui-ci l'écarta d'un geste de la main et se rua vers la porte. Bien que d'un âge avancé, la Valloirinche avait gardé ses jambes de jeune fille. En moins de temps qu'il ne faut pour le dire, elle se trouva au rez-de-chaussée du chalet. Parti à sa poursuite, Doyles refusa de se laisser distancer et agrandit ses foulées. Il descendit les marches quatre à quatre. La vieille se rendit compte qu'il la suivait et jeta une chaise au sol pour le ralentir. Qu'à cela ne tienne, le capitaine, roi du saut de haies, passa allègrement par-dessus et plaqua Lucille Ruaz comme lors d'une finale de rugby.

— Allez, mamie ! s'exclama-t-il. On arrête les bêtises maintenant. J'ai assez crapahuté dans vos montagnes pour la journée.

L'octogénaire tenta bien de se débattre, mais le poids des ans et la faiblesse de ses poignets ne purent rien contre la mauvaise humeur de Doyles. Il s'assit sur elle et la maintint au sol le temps qu'un de ses collègues, tout de noir vêtu, arrive et l'embarque.

Non sans mal, Lucille Ruaz fut emmenée vers l'hélicoptère. Prise de furie, elle griffa et mordit les gendarmes qui la tenaient, mais ces derniers ne bronchèrent pas. Ils la soulevèrent et la placèrent de force dans l'engin à hélices. Au bout de quelques minutes, elle comprit enfin que toute résistance était inutile. Son regard croisa celui de Doyles. Dans ses yeux, le capitaine ne décela que de la haine. L'échange ne dura que quelques secondes. L'hélicoptère décolla. Les montagnes de Maurienne ne reverraient pas Lucille Ruaz.

Épilogue

Lucille Ruaz, la Veuve Noire, fit les gros titres des journaux locaux et nationaux les jours qui suivirent. La vieille dame raconta son histoire et ne se priva pas pour jouer le rôle de la victime dans toutes les affaires. Aucune fois, elle n'éprouva de remords pour ce qu'elle avait fait. D'après elle, ses époux l'avaient bien cherché. Cependant, la justice ne put rien faire à ce sujet. Le délai légal de prescription pour les crimes étant de dix ans à compter des faits, elle ne pouvait pas être inquiétée. Concernant Pascal Lerat et son enlèvement, elle plaida l'abus de faiblesse d'une vieille femme qui avait cru dans les projets et les belles paroles d'un usurpateur d'identité. La justice fut assez clémente sur ce point, mais beaucoup moins sur les tentatives d'assassinats sur les personnes du capitaine Doyles et des policiers municipaux. Lucille Ruaz ne connut jamais sa sentence, elle décéda la veille de la fin de son procès.

De son côté, Lerat fut inculpé pour meurtre, abus de confiance, et usurpation d'identité. L'arme du crime ayant été retrouvée dans le chalet d'alpage, il avoua tout. Son casier n'étant pas vierge, il écopa rapidement de plusieurs années de prison. À Valloire, tout le monde comprit que la mariée était trop belle et que personne ne les y reprendrait dorénavant.

Avant son procès, il avait expliqué à Doyles, comme Lucille Ruaz l'avait déjà fait dans le chalet d'alpage, tout ce qui l'avait poussé à usurper l'identité de Darevin jusqu'à commettre l'irréparable. Sa rencontre avec le Russe et les mésaventures financières de ce dernier avaient été la chance de sa vie. Et puis Darevin était revenu. Immédiatement, l'usurpateur avait décidé de se débarrasser du gêneur. Après réflexion et deux, trois coups de téléphone, il avait réussi à se procurer du curare. Il n'avait plus qu'à trouver le moment opportun. Darevin voulait retourner voir le site du Lac Blanc. Lerat ne pouvait espérer mieux.

Ensuite, il avait expliqué à Doyles comment, après avoir piqué la jambe du Russe, ce dernier était tombé au sol, les muscles tétanisés. Pendant quelques minutes, l'assassin l'avait regardé mourir, attendant patiemment que le poison fasse effet. Puis, Lerat s'était dit que le lac serait la dernière demeure de Darevin. Après tout, il n'avait qu'à le jeter à l'eau, le sac lesté de pierres, au lieu de le regarder suffoquer.

Ainsi, Darevin serait mort noyé et le cadavre disparu au fond de l'eau.

Lerat avait essayé de le soulever, mais impossible de le faire bouger. À cet instant, il avait entendu des voix. Paniquant à l'idée d'être vu avec un type agonisant à ses pieds, il avait regardé partout, Rien à l'horizon mais le bruit se rapprochait. Puis, les yeux de Darevin étaient devenus vides. Sa poitrine ne bougeait plus. Une dernière fois, Lerat s'était penché sur lui, plus de pouls. Il avait de nouveau regardé autour de lui et s'était enfui, laissant le corps de Darevin à la merci de la nature sans même essayer de le dissimuler.

Concernant le capitaine Doyles, le préfet de Savoie ne put qu'admettre ses qualités. Il s'excusa de la manière dont il l'avait traité et annula sa mutation en Guyane. Il fut ensuite dit que la femme du haut-fonctionnaire piqua une crise à en faire trembler les murs de la préfecture quand elle apprit que celui qui l'avait mise en cellule n'aurait aucune sanction. En bon militaire, Doyles écouta le préfet, prit note de sa décision, mais n'oublia pas de lui faire-part de la sienne. La gendarmerie, les ordres, les supérieurs zélés, il en avait assez. Il tendit une lettre de démission que son chef ne put qu'accepter en signe d'excuse.

Quand Malo et Loïs apprirent cela, ils n'en crurent ni leurs oreilles ni leurs yeux. Doyles était remonté de lui-même à Valloire pour leur signifier la nouvelle. En arrivant au village, sa 4L poussa son dernier souffle et un énorme nuage de fumée sortit du moteur. Une nouvelle vie commençait.

— Et vous allez faire quoi ? demandèrent les cousins, incrédules.

— J'ai bien une petite idée, mais pour ça, j'aurais besoin de l'aide de deux courageux, toujours prêts à intervenir même quand on leur donne l'ordre contraire !

Malo et Loïs se regardèrent en souriant et tendirent la main à l'ancien capitaine.

— Nous sommes vos hommes ! répondirent-ils.

— Alors, faites vos valises les gars ! leur révéla Doyles. On a déjà une nouvelle enquête à résoudre !

Achevé d'imprimer en Pologne
En octobre 2020

Dépôt légal : juillet 2018

ISBN : 979-10-92953-69-5